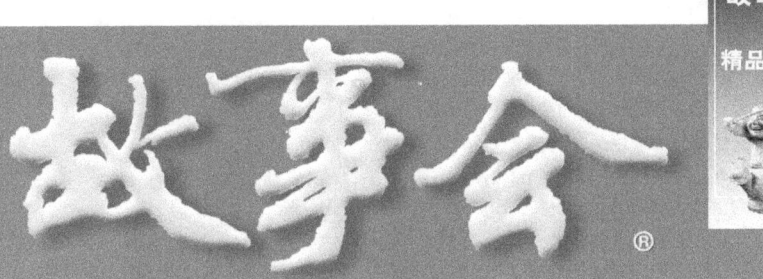

SHANGHAI LITERATURE & ART PUBLISHING GROUP

故事会
精品系列

神奇故事

I0517281

上海锦绣文章出版社
上海故事会文化传媒有限公司

上海文艺出版（集团）有限公司

图书在版编目（CIP）数据

神奇故事 《故事会》编辑部编 — 上海：上海锦绣文章出版社
（故事会精品系列） ISBN 978-7-5452-0186-4

Ⅰ．①神...Ⅱ．①故...Ⅲ．故事－作品集－世界 Ⅳ．I14

中国版本图书馆 CIP 数据核字 (2008) 第 181324 号

丛 书 名：故事会精品系列

书　　名：神奇故事

主　　编：何承伟

编　　委：何承伟　吴　伦　姚自豪　夏一鸣

责任编辑：刘迎曦　鲍　放

装帧设计：王　伟

责任督印：张　凯

出　　　　版：　上海锦绣文章出版社

　　　　　　　　上海故事会文化传媒有限公司

POD 海外发行：　中国图书进出口上海公司

　　　　　　　　电话：021－36357888

　　　　　　　　传真：021－36357896

　　　　　　　　地址：上海市虹口区广中路 88 号

　　　　　　　　邮编：200083

目　　录

市 井 怪 闻

人海阔，无日不风波。

烟　　猴

　　五十多年前,有个叫皮三的富家子弟,继承了一大笔祖业,整天吃喝玩乐,最后吸上大烟,成了烟鬼。眼见祖业一天天被烟枪"抽"空,皮三的家人、亲友无力劝阻,只得各奔前程,远远躲开,空荡荡的家院里,只剩下皮三孤零零一个人,好不寂寞。

　　于是,皮三从耍猴的江湖艺人手里,花高价买下了一只猴子,好歹也算有个伴吧! 这是一只猕猴,跟着江湖艺人走南闯北,也算见过一些世面,机灵可爱,一举一动通晓人性。皮三很是欢喜这个猴精,便亲昵地叫它"三儿"。

　　从此,皮三走到哪儿,后面总跟着三儿,形影不离。皮三累了,三儿猴眼一转,就跑来给他捶背,猴拳不轻不重恰到好处;皮三烦了,三儿立刻翻斤斗、做鬼脸、表演杂耍,使尽浑身解数逗乐取笑;皮三一声号令,三儿绝对服从,赴汤蹈火在所不辞……这些还只是小菜一碟!特别让皮三满意的是,每当他烟瘾发作时,只要伸个懒腰打个呵欠,三儿就心领神会,飞快地端来烟盘,盘内烟土、烟枪、洋火之类早已准备得妥妥帖帖。皮三侧身一躺,抬起烟枪,只管闭目吞吸,点火、加烟自有三儿伺候。皮三吞云吐雾,舒服到了极点,心想:就是亲生儿子也没有这般乖巧、周到,三儿真的是神猴哪!

"叭嗒、叭嗒"皮三吐出一团团烟雾,闭着眼睛,想象着梦中的那个极乐世界:一群群美女,一座座金山,想什么就有什么,伸手一抓就是……烟雾腾腾之中,三儿端着烟盘伺立一旁,毕恭毕敬,只有鼻子两侧微微抽动,一双猴眼像小灯泡一样,闪动着兴奋的光彩。

皮三睁眼一看,乐了,骂道:"你他妈连人都没变全,就知道捡老子的漏沟水啊?可惜你是猴子,不是人!"说完,一口浓烟喷向猴脸,哈哈大笑。

三儿纹丝不动,贪婪地吸着喷来的烟雾,发出粗粗的喘息声,如痴如醉。过足烟瘾后,皮三甩手而去,三儿赶紧关闭所有门窗,然后独自打坐,深一口、浅一口地吸着空气中的烟雾,那神态好像是在打坐修炼,要想修炼成一只仙猴!

半年之后,三儿有些不对劲了:皮三累了,连叫好几遍,三儿才慢慢吞吞地来给他捶背,轻一拳、重一拳,三捶两捶竟捶到了头顶上;皮三烦了,得用鞭子威逼三儿,它才肯翻斤斗,七翻八翻不是打碎花瓶就是撞倒香炉,气得皮三哇哇大叫;再后来,皮三无论发出什么号令,三儿都不理不睬……它常常萎靡不振,眼眶里糊满眼屎,面目呆滞,呵欠连天——神猴整个儿变成了懒猴、蠢猴、癞皮猴!

有一次,皮三烟瘾发作,连叫"三儿"不见回应,只得自己去端烟盘,谁知烟盘无影无踪。皮三找来找去,突然发现三儿正躺在床底下,人模人样地吞云吐雾,快活得像神仙一般,那吸烟的神态,活脱脱就是一个浑身长毛的皮三!

"你、你……"皮三恨不得将三儿撕碎,可他自己正犯着烟瘾,连说话的力气也没有。相反,过足了烟瘾的三儿却是精神抖擞、上蹿下跳、龇牙咧嘴,根本不把主人放在眼里!

三儿成了一只烟瘾十足的烟猴。

皮三离不开烟土,三儿也离不开烟土,这屋里不再是一个烟鬼,而是两个烟鬼。这时,皮三已是倾家荡产、债台高筑,哪里供得起两个烟鬼?而且,皮三只剩下最后一坨烟土了,虽然这坨烟土有好几斤重,像圆圆的面团,但顶多也只够皮三单独吸食一年。

这可是皮三最后的"命"哪!皮三特意选择了一个夜晚,将烟土悄悄锁进一个大铁柜,里三层、外三层,层层上锁。

他认定如此一来,这坨烟土定然万无一失,没想到,瞒得了鬼神瞒不了猴精:三儿不愧是火眼金睛,只见它不停地围着大铁柜打转,分明是不怀好意。

家贼难防哪!皮三想来想去,唯一的办法就是赶走三儿——为了独自享受一年的快活,管它什么亲儿子野猴子!

于是,皮三和三儿展开了一场人猴追逐大战。

皮三手持鞭子,追打三儿:"滚,你给我滚!"可长年吸毒,皮三已骨瘦如柴、手无缚鸡之力,鞭子抽去只当给三儿抓痒痒。

三儿毫无惧色,飞檐走壁,不时回头做个鬼脸,"吱吱"一叫,好像是说:"来呀,快快来闻俺老孙的猴屁!"

不一会儿,皮三气喘吁吁、摇摇晃晃,眼泪鼻涕来了个"飞流直下三千尺",烟瘾犯了。不行,得吸上几口烟,养足精神再去赶那无赖泼猴,皮三只得点火烧烟。立刻,屋子里烟雾缭绕。

没想到三儿双眼一亮,快速攀上房梁,选择正对烟雾升起的位置躺下,大口吸食腾腾升起的烟雾,自捡一份快活。结果,下面吞云吐雾,上面不劳而获,人和猴都同时过足烟瘾。于是双方都精神焕发,开始又一轮追逐。

"癫皮猴,你他妈想吃定老子?老子要你的猴命!"皮三气势汹汹,扑来扑去,却连一根猴毛也抓不到。

由于双方都过足了烟瘾,人猴追逐更加激烈,对峙更加持久,场面更加热闹。三儿并不跑出屋外,只在屋内逗着皮三兜圈子,忽上忽下,忽东忽西,玩游戏一样轻松。皮三追累了,就抽烟;过足烟瘾,再追……这场游戏无休无止,有时候皮三追急了,三儿干脆夺过鞭子抽得皮三抱头鼠窜。这下,连皮三自己都闹不清楚,这屋里的主人,到底是人还是猴?

更为不幸的是:由于欠债不还,没等皮三赶走三儿,他自己反而先被债主抓走了。看着皮三被两个彪形大汉抓小鸡似的提走,三儿蹲在房顶上搔腮拍爪,幸灾乐祸。

整座房屋、院落,成了三儿的天下。"吱吱"三儿高兴得连连打滚。

皮三被债主关押了三天,烟瘾大发,呵欠一串连一串,还没拷打就口吐白沫,手脚抽搐不停,奄奄一息。债主见榨不出一滴油水,弄不好还得赔副棺材,只得自认倒霉,将皮三放了。

皮三跌跌撞撞回到家中,第一个动作就是直奔大铁柜,谁知跑去一看,大惊失色:铁门大开,烟土早已不知去向,地上满是撬断的铁锁、斧子、钳子、钢锉……那作案者,简直就是训练有素、身手不凡的江洋大盗!

皮三再仔细一看,只见铁门上血迹斑斑,还粘着一根根散乱的猴毛……这下他明白了,是那贼猴三儿干的!真是难以想象,不知这贼猴使了什么功夫,费了多少脑筋,搬了哪路神仙,竟然打开层层紧锁的铁柜,盗走了烟土?

皮三气急败坏,抓起斧子四处寻找三儿:"贼猴,你出来!老子今天跟你拼了!"

他一边叫骂,一边爬上堆放杂物的阁楼,一看,怔住了!只见三儿正侧身躺着,毛脚高跷,爪持烟枪,全身保持着吸烟的姿势,那美滋滋的样子,好像看见了一座座花果山……

"贼猴,看斧……"皮三怒吼一声,冲上前去。但是,不等斧子出手,却只见三儿双眼圆瞪,眼睛僵滞……三儿已是一只死猴!原来那一坨面团样的烟土,是皮三原计划一年的定量,现在被三儿在三天之内吸个精光,它还能活吗?这三天,可想这毛猴是何等快活自在,何等飘飘如仙啊!

烟土没了,只听见皮三一个长长的呵欠只打了半截,一口气猛然断了,斧子落地,一个僵尸接着倒下——皮三追三儿去了,不知他追到阴间,还会与三儿有一番怎样的厮杀……

(天　夫)

清明节办喜事

　　大李镇的李老伍,有个儿子叫李树林。儿子在他十八岁那年得急病死了,李老伍怕儿子在阴间打光棍,于是他到处打听,要为儿子找个对象结门阴亲。

　　这天来了个外地人,两个老汉在镇街头树底下闲谈。那老头是离大李镇五十里的小韩镇人,叫韩跃前,他有个女儿叫韩三妮,十七岁那年死了。这不正好对上号?于是一说就成。李老伍还给了老韩头两千元财礼,定好清明节那天接亲。

　　到了清明节这天,李老伍找了几个人开着车到了韩镇,韩跃前早已抱着一只老母鸡等在镇外了。老韩头抱歉地说:"姑娘死了八年了,就埋在镇西的小河边,前年我不在家。镇里人给河道加深加宽,把姑娘的坟也给弄没了,我雇人在河边找了几天,也没找到姑娘的骨头。"

李老伍没办法，只好在河边抓两把土，装进塑料袋，又接过韩跃前手里的那只老母鸡，算是接回了"新娘子"。

随后，街上锣鼓喧天，鞭炮齐鸣，李家吹吹打打地为死去的儿子办喜事。拜天地时，由街上一位老头抱只大公鸡代表新郎，一位老太抱着那只李老伍抱来的母鸡代表新娘，一拜天地，二拜高堂，夫妻对拜，同入洞房。

中午，人们吆五喝六地喝喜酒。喝罢喜酒又接着办丧事，又是吹吹打打。李老伍他侄子家十二岁的二小子小虎作为李老伍儿子的儿子，披麻戴孝送爹娘入土。上午的喜事和下午的丧事办得都非常热闹。

到了晚上，李老伍一合计，喜事花了六千五，丧事花了五千六，几乎把他的全部积蓄都花光了，可李老伍心里高兴，躺倒在炕上就"呼呼"地睡着了。这觉睡得是那样的香，那样的甜，可以说从他儿子死后第一次睡得这么踏实。

李老伍睡得正香，突然传来"乒乒乓乓"的砸门声，一批大汉破门而入，将他从床上拖将起来："你这该死的老东西，竟敢强夺我们的妻子做你的儿媳妇，无法无天啦！走，老老实实跟我们走！"说完，拉起他就走。

李老伍有点着慌，忙问："你们拉我去哪？"

一个大汉说："去哪？去阎罗王那里评理！"

听说去见阎罗王，李老伍反倒不怕了。他抬头细细一数，好家伙！高高矮矮、胖胖瘦瘦，总共十二个大汉，心想：韩三妮那姑娘真有这么多丈夫吗？

他们拉拉扯扯、推推搡搡地来到阎罗殿。

阎罗王横眉竖眼地拍着龙案喝道："你们吵吵嚷嚷的，成何体统？"

那十二个大汉急忙跪下说："大王息怒，我们是来告状的。"

"状告何人?"

"喏,就告这李老伍,他强夺我们的妻子做他儿子李树林的媳妇。"

李老伍不等阎王开口,急忙跪下说:"大王明鉴,小人实在冤枉。韩跃前是我的亲家,他自愿将韩三妮许配给我儿子李树林为妻,实属明媒正娶,并非小人强夺,请大王明鉴。"

阎罗王当即下令,传李树林、韩三妮到堂。

不一会儿,李树林、韩三妮被带到大堂。

阎罗王龙案一拍,问道:"李树林,你和韩三妮是什么关系?"

李树林说:"回禀大人,我们是夫妻关系,昨天上午结的婚,是我父亲花钱为我们办的喜事。"

阎王又问韩三妮:"你说,这里究竟谁是你的丈夫?"

韩三妮抬头望望,说:"回禀大人,他们十三个人都是我的丈夫。"

阎王拍着桌子说:"混账东西,一个小女子嫁十三个丈夫,这是哪家婚姻法?"

韩三妮连忙磕头说:"大王息怒,这不能怪我,都是我父亲钱迷心窍,他见阳间一些人搞迷信,替死去的儿子结阴亲,于是将我卖了一家又一家,我也是身不由己呀!"

阎罗王现在全明白了,问题出在韩跃前身上,于是吩咐无常,立即捉拿韩跃前。

韩跃前很快被抓来了。在阎罗王面前,他不敢抵赖,只得把他将女儿卖给十三人为妻的事如实招供。他还说:"我实在不知道这是触犯王法的,总以为人家急于结阴亲,骗点钱花不会有人管的。请大王恕我无知,放我回去,以后我一定改正。"

阎王说:"不行,放你回去你还会再卖女儿,对你这样的人非从严惩处不可!来呀,将他打入十八层地狱,永世不得翻身!"

几个小鬼立刻冲上来,将韩跃前拖了出去。

处理了韩跃前,问题并未完全解决,韩三妮应该判给哪个为妻呢? 为此,阎罗王也搔开头皮了。他左思右想,决定用民主协商的办法来解决这个问题,于是就说:"韩三妮嫁十三个丈夫是不行的,只准有一个。我看你们十三个男人抓阄吧,谁抓到了是运气,抓不到就自认晦气,你们看怎么样?"

十三个男人一听都大声嚷嚷,表示反对。

阎王说:"好好好,那就不抓阄。以后韩三妮轮流跟你们过,一家一个月,行不?"

大家一听又嚷开了,这个说:"大王这不行,一年才十二个月,不是有一个男人落空了吗?"另一个说:"还有月大月小呢……"再一个说:"那样,生出孩子算谁的?"

阎王火了:"既然这也不行,那也不行,干脆把韩三妮调到伙房里烧火,谁也没份!"说完,一甩袖子,下殿而去。

李老伍大吃一惊,醒了过来。还好还好,只是个梦,可他却老在回味这个梦,怎么也睡不着了。

天亮后,他匆匆吃了早饭,又急乎乎赶到小韩镇,一看,竟大吃一惊,他那位亲家韩跃前已于昨晚突然死去。再一调查,正如梦中所示,韩三妮确实被他父亲卖过一家又一家。

李老伍觉得心里很沉重,他这才明白自己办了件天大的蠢事。白白扔了一万多元钱,那可是自己的血汗钱啊! 能不心疼?

(张恩泽)

紫砂壶

　　机械厂有个工人叫邹德元，今年四十六七，生得结结实实，可是一门心思想发财，平时是三天两头泡病假，到最后，干脆辞职蹬起了三轮。

　　这天中午，六月的太阳照得人昏昏沉沉的，邹德元把三轮往火车站前的一棵大树下一停，从车后厢里摸出一把茶壶，喝了几口茶，然后往车座上一靠，闭目养起神来。

　　这时有人来坐三轮，要到轧钢厂。邹德元要八块，那人价都没还，迈腿就上了车。邹德元慢悠悠地蹬了半个钟点，到了轧钢厂。那乘客"刷"地掏出一叠人民币，从中抽出一张"大团结"，对他说："不用找啦！"说完就"噔噔"地走了。邹德元美滋滋地把钱塞进裤腰间的皮夹子里，刚想走，猛地发现座位上有个黑提包，他迫不及待地拉开一看:天呀! 满满一兜钱! 邹德元想:不偷不抢,捡来的不要白不要。想到这儿,他蹬起三轮飞快地向家奔去。一进家门,看见屋里有警察,那警察怒冲冲地说:"邹德元,你犯罪了!"说着就掏出了手铐。"妈呀!"邹德元一下子吓醒了,才知道是个梦。

他揉了揉眼睛,看见车前站着一个外国人:黄头发,蓝眼睛,胳膊上的汗毛足有半寸长。那外国人正笑眯眯望着他。

邹德元脸上的肌肉抽了几下,算作是笑。心想:这梦看来是要变现实了,嘿嘿,老外花一百块就跟咱买二两醋似的。他张了张嘴,才憋出了一句话:"先生,你的要坐车的干活?"

那外国人哈哈笑了,说出一口流利的中国普通话,他指了指邹德元手中的茶壶,问:"我能看看吗?"

看这个? 邹德元纳闷了:这把旧紫砂壶有啥看头呀? 外表油黑油黑的,里面结满了茶垢。老外真逗,看中国的什么东西都稀罕。但为了拉住这笔生意,邹德元把茶壶递了过去。

那外国人拿起茶壶,左看右看,仿佛是爱不释手,竟张口问:"先生,这壶能卖给我吗?"

什么? 我这旧壶还能卖? 邹德元差点"扑哧"笑出声来:这壶扔在地上都没人会捡,这老外别是和我逗乐子玩吧? 邹德元直直地盯着外国人足足有一分钟,最后认定这老外是真要买这把壶,于是高兴地说:"行啊! 卖!"

"你出个价!"

价? 邹德元掂量掂量,怎么着也得斩老外一下子,先敲他十块,不行的话少点也凑合。想到这儿,他试探着伸出了一个指头。

外国人点点头,二话没说,掏出钱夹子,"刷刷刷"点了十张"大团结"。

乖乖,一百元啊! 邹德元差点没把舌头吐出来。可就在这一吐一缩舌头的工夫里,他的脑袋就像计算机似的,也不知转了多少圈。他狡黠地说:"嘿嘿,你误会了。我是说得等一天,我得和家里人商量商量。"

"商量?"那外国人看看邹德元,又看看紫砂壶,无可奈何地说:"行。明天我来这里找你,可以吗?"

"一言为定!"

外国人走了,邹德元也无心拉客了,一溜小跑奔回了家,进门就咋呼开了:"喜他娘,喜他娘,这家伙是什么时候买的?"

老伴被他这一阵子排炮打得丈二和尚摸不着头脑,费了半天劲才明白问的是紫砂壶,不由又气又恼地说:"你这是犯了哪门子邪。这不是添喜子那年买的吗?"

邹德元掐指一算,有二十来年了,又问:"多少钱买的?"

"四毛五呗!"老伴颇以自己在家庭经济上的超强记忆力而自豪。

"不可能呀!"邹德元连连摇头,"你会不会记错了?"

"怎么可能记错!"老伴觉得很奇怪,"到底出了啥事?"

"是这样。"邹德元于是就把遇着外国人的事从头到尾细细说了一遍,最后眯起眼得意地说:"今天这事也就是碰上我了,要换了别人,一百元早出手了。咱什么世面没见过?这老外想赚我的便宜,门儿都没有。咱这壶是个宝呀,少说也值一千两千的。"

"宝?"老伴一下子像过了电,激动得浑身哆嗦个不停,她一把抢过紫砂壶,恨不得立刻就从里面掏出金子来。

俗话说:内行看门道,外行看热闹。邹德元两口子把这把壶里里外外、上上下下看了几十个来回,愣是看不出宝在何处。

真是,这壶太一般了,它和杂货店卖的那些紫砂壶毫无两样。只不过用的年代久了,壶外面的紫绛色被黑色盖住,黑中又透着光亮,壶里面则是一层厚厚的茶锈。

中午,儿子和媳妇回来了,也加入了"研究"的行列,可研究了半天,也没得出个子丑寅卯来。

终究年轻人头脑灵活,儿子自言自语道:"莫不是上辈子传下的供春壶吧!"

"啥是供春壶?"

儿子搔搔脑袋,说:"这供春是明朝人,传说他曾在宜兴金沙寺前模仿着寺前一棵千年银杏树的树瘿,做了几把紫砂陶壶,成为稀世之品。古人曾评定,'供春之壶,胜于金玉'。可是,这壶说什么也不可能跑咱家来呀。"

"那,是福分!"好像这把壶就是供春壶了,邹德元不由喜滋滋地问儿子:"供春壶怕值个千把元吧?"

儿子撇撇嘴:"要真是那壶,怕要值几十万。"

"啊——"邹德元半天才合上张开的嘴巴。

邹德元还不放心,跑步去附近的山货店买回三把紫砂壶,又把四把壶灌满水,然后一一把水滴在水泥地上。邹德元屏声静气地听着,最后喜滋滋地说:"听出来了吧,这供春壶滴出来的水声硬是不一样。"说着话又沏了四壶茶水,然后叫老伴用黑布将他的眼睛蒙上,随即一一品味。大家紧张地盯着邹德元,终于邹德元宣布第三壶的水滋味最纯最正!"对、对!这把就是供春壶!"全家人乐得又是跳又是叫,好像已经拿到了几十万元钱,屋子里的气氛一下子到了高潮。

还是老伴能稳住神,她说:"我看不如把这壶刷洗干净,说不定里面还有供春写的字呢!"

邹德元眼睛一亮,连声附和:"对,有了字,我们就有了证据,不怕老外不出高价!"说着,大家马上动手,又刮又抠,又洗又擦,光外面的泥垢就足足用了一包高级去污粉。

折腾了两个多小时,全家人第一次将这把用了二十多年的紫砂壶洗得干干净净。虽然没在壶上找到阴篆阳文,但邹德元心里很踏实,这财是发定了!

第二天一早,邹德元和老伴就小心翼翼地捧着紫砂壶来到火车站。那外国人已恭候在此了。邹德元忙笑眯眯地把紫砂壶递了过去,说:"先生,你说实话,这把壶到底值多少钱?"

外国人接过紫砂壶,忽然眼中出现了困惑:"这不是昨天那把壶。"

邹德元和老伴赶紧解释:"是这把,就是这把,昨晚我们特地把它擦洗干净了。"

那外国人又仔细看了看,摇摇头,把壶递还给他们,说:"对不起,我不买了!"

"什么?你不买了?我看你也买不起。讲实话,我这把供春壶要值几十万呐!"

"什么供春壶?"外国人莫名其妙,忍不住说,"我要买你这把壶,是因为这壶壁上有茶锈,我要研究它的形成及化学含量,研究它和陶土会发生什么反应。懂吗?现在,这壶壁上没有茶锈了,很遗憾,我没有必要买它了。"

啊!原来如此!邹德元仿佛一下子跌进冰窖,浑身凉透了。想想自己空忙一场,他不由哀求道:"按昨天的价,一百元给你吧!要不,八十也成……"

外国人耸耸肩,摇摇头,转身走了。

邹德元在后面喊:"我他妈的还花了一包去污粉呢!你回来!你回来!"他一边喊,一边忍不住追了上去,忽然,脚下绊着一块石头,他手一抖,紫砂壶掉在地上,摔得粉碎。

(范大宇)

跳崖之后

个体昌玉餐厅小老板阿昌和小玉，是一对恩爱的夫妻。有天晚上，小两口睡在床上，小玉无意间摸到阿昌喉结下有一个花生米大小的疙瘩，便打趣道："哎，我的小老公，你这儿怎么多生了一个肉疙瘩？"阿昌一摸，吓得坐了起来，大叫道："不好，我怕是生癌了！"

说来也怪，阿昌这粒"花生米"，在他的喉头表面少说已待了三年多，不痛不痒，啥事都没，可现在被小玉这一说，忽然觉得痛兮兮、胀兮兮，连呼吸都感到难受了。阿昌越想越怕，索性起床爬到床底下，摸出一本积满灰尘的大百科医学全书，慌慌张张翻起来。翻到肿瘤章节，只见上面写道：凡在喉结周围患上的肿块，统称甲状腺腺瘤，一般手感肿块柔软，并能推之向四周滑动，属良性;反之恶性,亦即是癌……

　　阿昌一见"癌"字,脸都变色了,忙叫小玉起床。小玉摸了半天,一声不吭。阿昌急了,问道:"你感到动还是不动?"小玉叹口气说:"唉,阿昌,你这只肿块,不硬不软,能动又不动,实在吃勿准。"

　　阿昌听小玉这么一说,一屁股瘫在地上,"呜呜"哭起来,边哭边说:"我生癌了,我生癌了!"小玉心痛地把他扶到床上,劝他别七想八想,等明天去医院看了再说。

　　第二天,阿昌到市里最高级的医院看门诊,医生听了他昨夜在家里的闹剧,说:"用手感来断定腺瘤的性质是不准的,只有早点动手术摘除,切片化验后才能确诊。"阿昌一听二话没说,马上办了住院手续。为了多一层保险因素,手术前,阿昌又通过小玉娘舅的关系,塞给主刀医生丁阿符五百元关照费。

　　谁知开刀那天,丁阿符突然拉肚子,不能按时来上班,院方就改派了王医生担任主刀。

　　在无影灯下,阿昌局部麻药都上好了,当他看到今天主刀医生不是丁阿符时,猛地一个翻身,滚下手术床,对王医生说:"对不起,对不起,我改日再来动手术。"王医生沉下脸说:"乱弹琴,动手术不是买鱼,随挑随拣,你给我老实点躺下!"阿昌拔高喉咙叫道:"为什么,难道我病人不能要求换医生?""嗬,那你说说看,为什么要撤换我这个医生?"阿昌一时不知如何对答,只得老老实实又爬上了手术台。

　　但当他见王医生举起明晃晃的手术刀时,心又抽紧了,觉得这一刀下去小命将难保,还不如把话说开为好。于是,他向王医生招招手,示意他附耳过来。王医生见这位病人怪里怪气的,猜不透他是什么意思,便俯下身去。阿昌轻轻告诉他说,五百元辛苦费早已付给了丁阿符丁医生,并说只要王医生这次手术动得好,他再付五百元给他。

　　王医生听了,点了点头,很快做好手术,替阿昌割掉了他喉结下的那个肉疙瘩,并告诉他,这东西基本属良性,为防意外,已把腺瘤送去切片化验,三天后便可有定论。

　　随后,王医生还把丁阿符收五百元的事向院方汇报了,丁阿符嘴上死不认账,内心恨透了王医生和阿昌。

　　三天后,阿昌切片化验报告结论出来了:癌变前兆。需要再动手术吃第二刀。阿昌二话不说,直奔医生办公室,去责问王医生。谁知碰到了接王医生班的丁医生丁阿符。

　　丁阿符听了阿昌的责问,一面煞有介事地表示同情,一面话里有话地骂王医生无能,接着便故意绘声绘色大谈特谈吃第二刀的苦头:"唉,这第二刀,我们做医生的也觉得病人吃苦头呀!为了防止癌细胞扩散,先要把你头颈四周的淋巴、肌肉剔得精光,然后再根据具体情况决定是割气管还是割声带……否则你就活不长,多则半年,少则……"

　　这时,陪阿昌同去的小玉见阿昌被丁阿符的话吓得面孔抽筋,脑袋耷拉着,只有进气没有出气了,急得大喊"救命"。丁阿符这才叫来当班护士,给阿昌吊盐水,打镇静剂,并收进病房让他住了下来。

　　晚上,阿昌要小玉扶他到病房楼下的小花园里,两人在长椅上坐下,阿昌把小玉揽在怀里,两眼呆滞地望着从乌云中不时探出脑袋的月亮。此刻,阿昌的精神彻底崩溃了,他准备向妻子作临终遗言。

　　这时,月亮又躲进了乌云中,阿昌弯下身子,在小玉嘴唇边轻轻一吻,说:"小玉,原谅我,这也许是我给你的最后的吻了,从今后,你忘了我吧,因为我实在问心有愧呀!"小玉猛然挣出身子,闪着挂满泪水的眼睛,困惑地望着阿昌,嘴唇翕动着,却没出声。"真的,小玉,人之将死,其言也善,我应该向你忏悔的,因为你知道吗?我曾经恨过你,恨你无能,生不出我们的孩子。还有，我不该藏私房钱，一千元夹在《毛选》第100页，另外一千元夹在《毛主席语录》第200页……""别说了，我比你更坏。"小玉泣不成声地说，"我把两千元放在壁灯底座里，还有两千元藏在脱排油烟机顶上……"

小两口越说两颗心越相通，痛苦也越相通。阿昌沉默了一会，说："小玉，我不想再吃一刀，与其活活疼死，还不如一根绳子吊死干脆！"

小玉一听，跳起来，举起小拳头就往阿昌的身上直擂，边擂边哭道："你好狠心，你想死得痛快，留着我为你烧纸钱？不，不！我不干！要死一块死，要活一块活！"最后他俩商定，趁现在身体尚健，马上逃出医院，带上全部积蓄，到全国游览名胜，去逛一圈，吃光用光，这样死也不冤枉。

小两口第一个旅游点选的是四川峨眉山的金顶。他们这天住宿在青音谷附近的一家小旅馆里，准备天一亮就上一线天，闯十八拐，向金顶攀登。谁知在付房钱的时候，小玉突然发现旅行包底层被刀片划了一道长长的口子，放在里面的三万元钱不翼而飞了。小玉被这意外的打击吓懵了，她立即要去附近公安机关报案，不料被阿昌一把拖住，说："小玉，这叫阎王要命在三更，决不留人到天明。我是个倒霉鬼，跟着我说不定还有祸事呢，还是让我们在这儿分手吧！你马上回上海，我保证在九泉之下助你一臂之力！"

小玉一听，"哇"大哭起来，一头扑到阿昌怀里。阿昌轻轻抚摸着她的秀发，劝慰道："我们没有孩子，无牵无挂，况且你还年轻，模样也不错，跟着我这条生病黄鱼，也是活受罪！""别说了，我们从医院出来时就说定了，吃光用光，一同去见阎罗王，现在是时候了，还讲废话做啥？"阿昌拗不过小玉，就决定带她到附近的舍身崖跳崖自尽。

这舍身崖坐落在伏妖岭西侧，山高林密，深不见底，小两口满头大汗爬上舍身崖,只见崖边峡谷间雾气缭绕,白茫茫一片,阵阵凉风吹得他们直打寒噤。阿昌抹了一下头上的汗,往悬崖下一看,两眼突然睁大了。小玉顺着他的目光朝悬崖边一看,惊得"啊"一声叫。原来崖边的一株树梢上挂着一样东西,再仔细看看,是一件大衣,被风吹得飘来荡去,简直像个吊死鬼!再往下看,还有羊毛衫、西装裤、袜子、手帕等等。原来到舍身崖自尽者大有人在,但求生是人的本能,于是他们便想出用替身的办法,抛下身上的衣物,以求将来不上西天,亦不入地狱。

阿昌死意已定,他见小玉抖索索地挨着他,心里不由一阵酸楚,泪水"簌簌"而下。见阿昌流泪,小玉心中更是不忍,她紧紧挽着阿昌,朝悬崖边走去。到了崖边,两人紧闭双眼,咬咬牙,双双跳下了舍身崖……

也不知过了多久,阿昌和小玉从昏迷中睁开眼睛,见自己躺在一张床上,房间里都是光头和尚,他俩又惊又奇。

原来当地政府为了拯救自杀者,已在舍身崖下布下了安全网,只要有人跳崖,安全网吃到分量,伏妖岭上的伏妖寺方丈室中警铃就会大响,方丈圆明大师就立即派人前往搭救。阿昌和小玉就是这样被救起来的。

圆明大师见他俩已恢复知觉,便问起他们自杀的原因。阿昌见眼前这位长老慈眉善目,就竹筒倒豆子般的把他们的遭遇倒了出来。

圆明听了阿昌的诉说后,问他们为什么不找找其他医院检查,阿昌摇摇头说:"找了也没用,那张化验报告等于最高人民法院的判决书,他们都要求病人哪里动的手术仍到那儿去解决。"圆明大师点点头,又问小玉为什么自杀? 小玉说:"他是我男人,他走了,我永远再不会有快乐,所以我要和他一起走!"

圆明大师听了,双手合十道:"阿弥陀佛!"心里却对社会上丁医生之流为一己之私利竟置医德于不顾,故意在病人面前夸大癌症的可怕性,造成病人心理负担,丧失对疾病抵抗的信心的行为,深恶痛绝。他决定救人救到底,送佛到西天。

第二天一早,圆明大师拿着一炷黑色印度奇南细香,来到阿昌和小玉的客房,对他们说:"昨天我做了一个奇怪的梦,梦见我佛如来命我向你们传达一项佛旨:伏妖岭下有个百家村,只要小玉能拿着这炷香,遍访百家村,找到一户在近三年中没有碰到过倒霉事的快乐家庭,请这个家庭的主人点燃这炷香,回来见我,菩萨一定会保佑阿昌有病治病,无病消灾,长命百岁。"

小玉一听,连早饭也顾不得吃,就满怀希望地下山去了。谁知直到月上天边时,才拖着疲乏的步子垂头丧气地回来,见了阿昌,扑到他肩上放声大哭。

阿昌见小玉手中的香没有燃烧过,知她是为完不成如来佛的佛旨而悲恸,便柔声劝慰道:"好了,好了,这本来就只不过是大师的一番好意罢了,我已经对自己身体不抱什么希望了,你也不必这么当真。

可圆明大师却口念"阿弥陀佛"说:"女施主,先别哭,请你讲讲下山的经过吧。"

小玉抹抹眼泪说开了。

原来,小玉以为在一个百家村里找一户三年里未受天灾人祸之苦的家庭易如反掌,哪知当她遍访了全村之后才知道,竟没有一家没遭过灾。

对这个结果,圆明大师似乎早在意料之中,他对阿昌说:"阿昌施主,小玉女施主的话你听明白了吧? 这说明,人生祸福都是一家不知一家的事。如果他们都像你一样碰到挫折就想自杀,世界上屈死的人不是太多了吗? 所以我说,在人生的道路上,有曲折、有坎坷是难免的,如果因此而感到绝望,那太缺乏做人的勇气了。要知人生的重要意义就是与困苦交友,从搏斗中求得欢乐,但拯救者只能是我们自己!"

听了圆明大师这富有哲理性的话语,阿昌和小玉的内心深深地震动了。他们知道遇到了高僧,两人不约而同"扑通"一声跪在圆明大师的膝下,乞求救命。圆明大师赶忙扶起他俩,说:"阿弥陀佛!救命,老衲不敢当。不过阿昌施主既然不肯开第二刀,老衲这儿倒有一张秘方,半年一个疗程,阿昌施主不妨试试?"阿昌连连点头应允。圆明大师又对小玉说:"如果小玉施主信得过老衲,那就请你放心回上海,重整家业,明年春节,我让阿昌施主回去吃年夜饭。"

圆明大师说到做到。待小玉走后,圆明大师对阿昌说:"老衲这治癌秘方,是用黑风蛇的唾液和九头鸟的粪便。这两种东西虽其毒无比,但癌肿也是一种毒,这叫'以毒攻毒'。我已命管山门的智勇和尚在鹰嘴崖放了盛器,请你明天一早去服用,我叫智勇陪你去。以后你就每天自己去放盛器,自己去服药。"阿昌连声应诺。

次日天快亮时,智勇和尚果然来催阿昌上路,往鹰嘴崖走去。

智勇和尚已五十出头,走山路如履平地,而阿昌三十岁不到,却走得气喘吁吁,走了约两个小时,才来到鹰嘴崖下。

这是一座拔地而起、怪石满山坡的峻岭,顶端有一块巨大的岩石,活像一只老鹰嘴巴伸向天际。阿昌抬头仰望,只见岩顶几乎与蓝天相接,白云飘逸,一群不知名的小鸟在盘旋飞翔。阿昌犯了愁:这么高的峰顶,我能爬上去吗? 如果遇到刮风下雨落雪天,我能顶得住吗? 那黑风蛇、九头鸟会伤人吗?

智勇仿佛一眼看穿了阿昌的心事,他拍拍阿昌的肩膀说:"小施主,功夫不负苦心人! 实话对你说吧,我早先也是个满身是病的人,现在你看我这身体。""那……黑风蛇和九头鸟会不会伤人?""这蛇和鸟是会伤人的,不过它们的活动规律是昼伏夜出,只要你拂晓上山,中午赶回寺里,就不会有问题。"阿昌一听,咬咬牙,跟着智勇上了崖顶,服了神药。

　　从此,阿昌每天攀登鹰嘴崖去服神药,来回奔走,从不间断。天长日久,他两腿练出了功夫,食欲大增,满面红光,身体健壮如牛。

　　这天,一早起床,圆明大师问他:"阿昌施主,半年前你那开刀处,有何异样?"阿昌摸摸伤口,感激地说:"多亏大师开出神药,已经完全好了!"圆明大师说声"阿弥陀佛",然后笑道:"那么我想请施主今天就收拾行装,明天下山同尊夫人团聚去吧。"阿昌一听,"扑通"一声跪倒在圆明大师脚下,连连叩头哀求道:"师父慈悲,我这小命全靠神药维持,一旦回到上海,叫我到哪里去觅这神药?"

　　"哈哈哈!"圆明大师大笑一声,当场命智勇和尚拿出一碗九头鸟的粪便和一竹筒黑风蛇的唾液,对阿昌说:"请施主仔细辨认,我看这种神药在你们上海到处都有。我实话告诉你吧,粪便是黄豆粉捏的,唾液就是清泉水。""呀?"阿昌惊诧得张大了嘴巴。

　　这时,从圆明大师背后闪出了小玉,她嘻嘻一笑,说:"我的小老公,大师的话一点也不假!"

　　原来圆明大师救了阿昌和小玉后,就决定把这事管到底。他通过当地政府,派人到上海医院查明了阿昌的病情,原来那张化验报告是丁阿符为了报复王医生和阿昌,串通化验员伪造的,阿昌真正的病情是良性甲状腺瘤,手术切除以后,就一点没有事情了。现在丁阿符和化验员都受了处分,院方还责成丁阿符赔偿阿昌经济损失。所以小玉就高高兴兴来接小老公下山了。

　　　　　　　　　　　　　　　　　　　　(夏元寿)

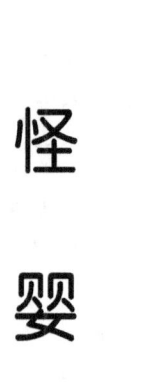

　　小镇上有对夫妻。男人名叫王德贵,在外面做生意,一年四季难得回来几趟;妻子名叫伍花花,是个不大本分的女人,常干一些伤风败俗之事,所以名声不佳。

　　有一年,伍花花怀孕了,王德贵知道后喜出望外。由于盼子心切,在妻子快要落月时,他干脆丢下生意不做,在家守着妻子。哪知他等了一个月又一个月,直等到第十三个月,才等来妻子喊肚子痛。

　　伍花花经过两天两夜的折磨,吃尽了苦头,最后谢天谢地,终于生下一个儿子,而且母子平安。但怎么也没想到,这婴儿竟是个"黑炭",浑身上下墨黑墨黑。

　　伍花花一见这模样,当场晕了过去,醒来后一定要王德贵把孩子处理掉。王德贵却不同意,他说好歹都是自己的骨肉,坚持要养下来。

你别说,这"黑炭"儿子倒比人家细皮白肉的孩子好养,他不哭也不闹,吃了睡,睡了吃,一天一个样,几天下来就跟几个月的孩子一样既活泼又好玩了。

一天,王德贵抱着孩子在堂前逗着玩,小家伙突然对着门口说:"鸡!"此话一出口,只见那只大红公鸡两脚一蹬,死了。

不一会儿,小家伙嘴巴一张,叫道:"鸭子!"话音刚落,那只正在门口觅食的鸭子头一歪,倒下了。

这两声一喊,可把王德贵惊得目瞪口呆,心想:这小家伙莫非是阎王爷派来的?他叫谁,谁就死。那还了得!

从那以后,王德贵天天提心吊胆地过日子。好在小家伙躺在他母亲身边不乱开口,除了死掉几只老鼠、苍蝇之外,并没有发生什么大的事情。

转眼过了一个月,王德贵的丈母娘来了,她作为外婆,自然要赶来为小外孙的满月之喜庆贺一番。哪想到她刚跨进门,只听房间里传出一声呼叫:"外——婆!"这位老外婆还没来得及答应,就瘫倒在地上,气绝身亡。

这下事情闹大了!伍花花见娘死了,哭得死去活来。

王德贵知道,等会儿丈母娘家里的人得知消息都得赶来,小家伙如果一个个喊过去,来个一锅端,全家死光,那怎么了得!干脆把他的嘴堵上再说。

于是他跑进房间里,找了块手绢塞进儿子的嘴巴里。为了防止他用手扯掉,又用带子将他的手脚绑上,看看万无一失了,这才放下了心。

时到中午,丈母娘家的人都赶来了,男女老小一人帮,哭的哭,叫的叫,吵吵闹闹,悲悲戚戚。

就在这时候,王德贵猛然发现从房间里走出个人来,谁?正是他那"黑炭"儿子,嘴里的手绢和手上、脚上的绳子都已不知去向。

王德贵这一惊非同小可,心想:小祖宗哎,这里已经够热闹了,你再来添乱,我受得了吗?

他情急之下一个箭步冲上去,想捂住他的嘴巴。不想他的手刚伸出去,儿子嘴里蹦出了两个字:"爸——爸!"那声音之大,使所有在场的人都大吃一惊。

王德贵听到儿子喊出这两个字来,浑身骨头像散了架似的,一下子瘫倒在地。

人们急忙围上去问他:"你怎么啦?"有的要去扶他起来。

他说:"别动我,我马上要死了。"

但奇怪的是,等了好长时间,他还是气能喘,手能动,脚能抬,话能说。

怎么不死呢? 他觉得奇怪。

就在这时,一个人跑来说,斜对门那个人称"丁少爷"的花花公子,刚才还好好的,突然栽倒在地死了。

一听到这个消息,王德贵恍然大悟:原来小家伙的爸爸是那个丁少爷,自己只是挂名的。

料理完丈母娘的丧事之后,王德贵又走了,两年过去,没有回来过一次。至于那孩子叫谁谁就死的特异功能,居然在"丁少爷"死后消失殆尽。

　　　　　　　　　　　　　　　　　　　　　(古　风)

自杀俱乐部

有家轮船公司,老板名叫麦德伦。

有一天,这家公司的三艘万吨轮在航行途中遇上了旋风,全部沉没。这一来,麦德伦彻底破产,连老婆、儿子也全都遇难,剩下他孤孤单单一个人。

麦德伦哪里经得起如此沉重的打击,他左思右想,觉得活在世上已毫无意思,决定一死了之。

可是怎么死呢? 触电、跳楼、割动脉,投河、上吊、吃毒药……他都想过,但都害怕。怕啥? 怕痛苦。

就在他想死又不敢去死的时候,他却意外地发现一张报纸上登着一则"自杀俱乐部"的广告,那上面写道:

本俱乐部愿为对生活失去信心、希望早日离开人世的人们提供各种方便。如蒙光临,本部将热情为您服务,并保证您在欢乐之中,舒舒服服去见上帝……"

麦德伦一见这广告,十分高兴,当即按照广告上提供的地址,找到了自杀俱乐部的业务洽谈处。

接待人员热情地接待了他,详详细细地询问了他要自杀的原因。麦德伦如实地一一作了回答后问道:"我想提个问题:你们真能像广告上说的那样,保证我在欢乐之中舒舒服服去见上帝吗?"

接待人员笑笑说:"当然,您不必怀疑。不过您得支付一笔费用。"

"多少?"

"一万,行吗?"

"行。"

"那好,我们欢迎您光临。"

麦德伦回到家里,变卖家产,凑足了费用,然后到自杀俱乐部洽谈处办了手续。接待人员对他说:"先生,今天是三月三日,下个月的三日,就是你舒舒服服去见上帝的日子。在这一个月当中,您可以在我们俱乐部尽情地享乐,走完您人生的最后一段欢乐的路程。祝您幸福,请吧。"

麦德伦被送上停在门口的小轿车,向郊外开去。很快,汽车来到海边,转向一条很窄的小路,朝山上开去。突然,汽车停了下来,麦德伦抬头一看,原来前边一辆小汽车抛锚,拦住了去路。而那辆车一时很难修好,这可怎么办呢?

经过协商,他们决定将前边那辆车推到路边待修,车里那个人也是到自杀俱乐部去的,就上麦德伦的车一同上山。可车门一打开,麦德伦愣了,只见下来一位年轻漂亮、一身珠光宝气的贵妇人,随身还有一只沉重的大皮箱。麦德伦朝贵妇人看看,心里暗想：有这样一位美女陪着自己去死，死也值得。

待贵妇人上了车，车又朝前开去。

过了好一会儿，麦德伦终于忍不住问道："小姐，您也要自杀？"

贵妇人点点头，叹了口气，还流下了眼泪，说："三个月前我才结婚，婚后的生活很幸福。谁知好景不长，他却因病死了，死得很惨。您想想，我失去了爱情，活着还有啥意思，还不如死了痛快。您说对吗？"

"对对对。不过——您既然要死了，还带这么多东西干啥？"

"喔，您是说这箱子吧，这里面全是我丈夫留下的金银财宝，我不能丢下它，我得抱着这些东西去死。"

"噢——"麦德伦点点头，闭上了眼睛。

汽车很快来到山顶上，在一幢别墅门前停了下来。工作人员热情地将他们迎进门，安排在二楼住下。麦德伦和贵妇人的房间正好是面对面，当中隔一条走廊。

这里的环境美极了，可以称得上是风景秀丽，空气新鲜。而且这俱乐部的设施、服务都是一流的，你想玩什么、吃什么，应有尽有。麦德伦和贵妇人同病相怜，又是邻居，因此交上了朋友，天天同进同出、同吃同玩，快快乐乐地过了半个月。

这一天，麦德伦壮了壮胆子，问道："小姐，本来我们素不相识，命运将我们送到一块来了。您失去了爱情要自杀，我失去了财产想到死，如果我们俩结合在一起，既有了爱情，又有了财产，岂不两全其美，何必非要死呢？"

贵妇人想了想，说："您真的爱我吗？"

麦德伦点点头："小姐，请您放心，我自从见到您，就爱上了您。"

"那好，我答应您的要求，可这俱乐部——"

"走，我们去跟他们说说，立即离开这鬼地方。"

麦德伦欣喜若狂，拉起贵妇人，来到俱乐部办公室，找到负责人,说:"先生,我们俩都不想死了,要求退出,可以吗?"

负责人握住他们的手说:"当然可以,我为你们的回心转意,表示祝贺。不过我们俱乐部有个规定,中途退出,费用不退。你们既然缴了费,何不在此多玩几天,算是度蜜月,到下个月的三日,你们再下山,开始你们新的生活,这不更好吗?"

贵妇人忙说:"对对对,这里太美了,咱们玩个够再走吧。"

就这样,他们留下来了。

时间过得很快,转眼到了四月三日,麦德伦和贵妇人整理好行装,准备下山。

这天中午,俱乐部餐厅里准备了一桌丰盛的酒宴,为麦德伦和他的新太太送行。宴会上,除了他们两人之外,还有俱乐部所有的工作人员。负责人往每个人的杯子里斟满了酒,说:"你们两位原来是准备来死的,由于我们的环境,我们的服务,使你们改变初衷,决定继续活下去,这太好了。为了表示对你们新生的祝贺,来,干杯!"

就这样,你敬一杯、他敬一杯,气氛热烈得很。麦德伦望望身边坐着的太太,觉得人生的道路是复杂的,乐极生悲,否极泰来,是这样的不可捉摸……

他正想着,贵妇人递过一杯酒来,说道:"能认识你,我很高兴,也许这是上帝的安排,来,为我们的幸福,干了这一杯!"

麦德伦毫不犹豫,端起酒杯,一饮而尽。然后说:"太太,今天是我最高兴的日子,也是我……"他话没说完,身子一晃,滑到桌子下面,四肢笔直,躺在地上不动了。

人们上去试了一下他的鼻息,按了按他的脉搏,说道:"好了,他的目的达到了。"于是一声招呼,来了几个人,将麦德伦的尸体拖了出去。

贵妇人笑笑说:"好,我的任务完成了,我得向老板交差,同时接受下一个任务,拜拜。"

（赵克忠）

神　秘　莫　测

一个人在睡梦里往往可以见到真实的事情。

法场奇事

　　这是伪满时期,发生在辽南的一件怪事。

　　阎大头从二十二岁开始做刀斧手,做到四十四岁了,还舍不得撒开老行当。二十几年下来,他把该砍不该砍的脑袋砍掉无其数,错杀多少与他无干系,杀令一下,他不动家什能行吗?

　　说起来,阎大头也是苦出身,自小没有父母,是姐姐辛辛苦苦把他拉扯成人,又是姐姐跑里颠外给他说上媳妇的。姐姐看他有了贴心人,这才把自己嫁了出去。对于阎大头,姐姐的恩情重于父母,所以他把姐姐的儿子当作自己儿子待,有一口好吃的都填进外甥嘴里。外甥也乖巧,舅舅家劈柴、打水、推碾拉磨之类的碎活,得便就帮着干,舅舅没有白疼白爱他。

　　可就是这么个心肝宝贝,十七岁这年为一口窝囊气跟人动了武力操，一铁锹铲去揭掉个天灵盖，犯了人命案，被打入死囚牢。姐姐鼻涕一把、泪一把地找上弟弟，求他想个法子救救儿子的命。

阎大头虽说是衙门里的人，却管不了衙门里的事，职贱位卑呀，管得了的只有自家手里的那把鬼头刀。他想了想，对姐姐说："这次处斩的人不下三十个，人多难免乱，一乱就有机可乘。别的死犯咱不管，单'杀'外甥这点事还办得到。刀刃不朝下不是割不下脑袋吗？咱不妨来个刀背朝下。可有一宗，待刀背在脖梗上一去一回拉完一个来回，外甥必须立即往前蹿，早了、迟了都会露破绽。前头便是堆尸倒的黄泥坑，窜进尸倒堆里那么一猫，瞅个什么空子还逃不出去？"

姐姐觉得这办法行得通，便借着探监的机会，把这个安排从头至尾讲给儿子听，叫儿子千万记在心里，别误了大事情。儿子也认了真，牢子不在身边的时候，便一遍遍跪曲双腿，运足气力，演习生命攸关的那一蹿。

到了执刑的那日里，杀人场上果然横着跪起老长一排死囚犯。一人身边守候着一个刽子手。外甥斜一下眼，见守候在身边的正是舅舅，心里托起好大个底。为防万一，又小声问了舅舅："妈妈说的可都准？"舅舅低声回了个"准"字。

这阵子里，阎大头别的都不去想，只想刀刃朝上还是朝下；别的都不去看，只看刀背朝下还是朝上。他想着看着，看着想着，不知不觉乱了脑子花了眼，待追魂炮声一响，只知道习惯地把刀往前一推，再往回一拉，都早忘记应该刀背朝下刀刃朝上了。他脑子里乱哄哄的，也不敢看一眼刀下的外甥身首分离没分离，转身飞步离开了杀场。

阎大头不知外甥死去还是活着，心里总梗着块病疙瘩，回到家兀自一人喝闷酒。

几大杯下肚，忽听外面响起"砰砰砰"的敲门声，这个杀过多少脑袋都不曾眨一下眼的人冷丁打起了哆嗦。他心想：若是外甥活着，这门怕是捕快敲起的，要咱命来了；若是外甥死了，这门怕是姐姐敲起的，算咱账来了。

随着门扇"吱呀"一声响，谁知进来的既不是捕快也不是姐姐，而是活生生的外甥。

只见外甥猫儿悄儿地靠上前来，气喘吁吁地一边哭一边说："舅啊，外甥遵照您的叮咛逃出黄泥坑，逃进老林里，正想远走高飞，忽然想起此一去不知今生今世能不能再见到舅舅一面，这救命之恩没法补报怎么能行，就转了回来，外甥给舅舅磕个头吧。"

外甥说着便跪下去，声泪俱下地磕起头来，一个，二个，三个。第三个头磕下去，却没抬起来。

没了哭声，断了泪流，舅舅怕外甥拖延久了被捕快追来再丢了命，便上前扶了一把，催他快逃。谁知这一把没把人扶起，倒把个脑袋从脖梗上"吧嗒"一下齐刷刷地掰了下来，鲜血"咕嘟咕嘟"冒了他一身。

原来刚才杀场上阎大头的那一刀，竟是刃口朝下使的劲。

被割掉的脑袋，竟然能留在脖梗上那么久的时间，办完那么多的事情？

阎大头眼见那颗脑袋在地面上悠啊悠啊地转，觉得比来了捕快更可怕，比来了姐姐更揪心，一腚墩坐下去，再也没起来。

（白清桂）

看不见的好友

　　个体车主马小哈从旧车市场上买了一辆中巴车,搞起了从市区到郊区的短途客运。这天早上,他到停车场取车,刚打开车门,看车老头走过来,用怪里怪气的眼光打量了他一番之后,问道:"这车是你的?"

　　"怎么,不是我的是你的?"马小哈打开车门,取出执照,递了过去,"你老看看吧。"

　　看车老头看看执照上的照片,又对着马小哈看了好半天,眼神恍惚地说:"昨天晚上,你这辆车的喇叭不停地响,我跑来一看,发现旁边那辆车的窗玻璃上贴了好几根胶布条,这是小偷要偷车的信号!我看看车里没人,可喇叭咋会响呢?真怪!"

　　见看车老头那一本正经的样子,马小哈根本没当回事。他知道老头是个"酒糊涂"，他的话哪能当真！于是开着车走了。

　　但是，马小哈很快就发现这辆车确实有点儿怪，当他载了客，开着开着，明明脚没踩刹车，可它却"吱"地来了个自动急刹车，把乘客们弄得东倒西歪，引来了一片骂声。

　　乘客骂得起劲，马小哈手握着方向盘不敢回头，只得嘴巴里一连声说"对不起、对不起"。可他万万没想到，车开了不到一百公尺，又来了个自动急刹。这下场面更精彩，前排两名乘客一头撞到他驾驶员的椅背上，过道里的乘客全部摔倒，一个叠一个像是"叠罗汉"。一名身穿花格短袖衬衣的乘客挤过来，用力一拍马小哈的肩膀："他娘的坏我的好事！快开门，老子要下车！"

　　马小哈知道在这倒霉的时候以乖巧听话为妙，急忙开了车门，让那个眼露凶光的乘客下了车。

　　一个大个子乘客揉着膝盖站起来，一把抓住马小哈骂道："你把我们摔了一次不够还来第二次，你小子想挨揍怎么的？"

　　这时，一个中年妇女开了口："那位大哥快把手松开，这满车的乘客都可以骂司机同志，唯独你应该感谢人家——"

　　"还感谢？你们摔了疼，我个儿大摔了舒服？"

　　"你看看你的公文包再说么！"

　　大个子一看公文包，拉链已经拉开，里面的钱包已经露出，却没有被扒手拈走。

　　中年妇女说："刚才下车的那家伙是扒手，人家司机两次急刹车把扒手甩开，你不感谢，还动手动脚，这公平吗？"

　　一听这话，大个子叫了起来："哎哟，我的妈呀，我的钱包里有八千元现金，六万元的提货单，真要丢了，我不得上吊吗？"他满脸羞愧，替马小哈扯了扯皱巴巴的衣领，又说，"司机兄弟，你可救了我呀！我是混球不知好歹……来，这三百元请你一定收下，这满车的乘客为了我挨颠挨摔，车票全由我买，就当赔礼道谢！"

大个子的话引来车厢里一片笑声,可马小哈却笑不出来,他在想:刚才我没踩刹车呀!这咋搞的?

马小哈把乘客送到目的地后,就把汽车送进了修配厂。

修配厂颇有经验的师傅检查了马小哈的车,结论是没有任何毛病,喇叭、刹车绝对正常。这可使他为难了:这宝贝车到底是开还是卖?就在马小哈犹豫不决之际,乡下来信,老母亲病重,要他回家看看。马小哈只好把车寄在停车场,向看车老头缴了费,还送他两瓶老白干,请他照看好这辆怪车。

二十天以后,马小哈探母归来,刚走进停车场,看车老头就"哈哈哈"地笑着对他说:"啊,马小哈你回来啦,你可出名啦!记者是来了一批又一批呀!"

马小哈愣了:"记者找我?"

"是呀,是呀,你看这个。"看车老头取出一张报纸递给他。

马小哈接过报纸一看,只见有篇报道:好司机你在哪里。原来四天前夜里,这辆怪车自己开出去,把一个心急火燎等在路边的小伙子和他心脏病突发的父亲送到医院门口,小伙子只顾给父亲做人工呼吸,连司机的模样也没顾上细看,只记得他全身穿白,面无血色。安顿好父亲之后,小伙子跑到医院门口来付车费,车已经开走多时,还是医院门口值班的保安人员记下了车牌号,正是马小哈这辆 1-58 号中巴车。这种深夜送病人连车费也不收的义举,自然引起了记者的注意,也得到了全社会的赞扬。

马小哈知道,这又是这辆怪车在开他玩笑,将他推上了"活雷锋"的宝座,成了先进人物。做"先进"自然很风光,但他心里嘀咕:那个全身穿白、面无血色的司机又是谁呢?为了弄清真相,他决定夜间睡在车里守候,哪怕是鬼也要认识认识。

夏天的晚上,车里热得像蒸笼。马小哈强忍着,熬了两个晚上,却什么事也没有发生。到第三天夜里,马小哈忍不住自言自语起来："你这辆怪车,你这个怪朋友,虽说你净干好事,但藏头露尾,装神弄鬼,我还是对你有意见。"

他话音一落,竟传来一种奇怪的声音："有意见可以提嘛。"

马小哈发现和自己对话的声音就在车里,回头一看,车里空荡荡的,不由得大声叫道："是谁? 你在哪里? 是人还是鬼?"

"不瞒你说,我是鬼。"

这"鬼"字一出口,马小哈吓得头皮发麻,浑身汗毛"吱吱吱"地竖了起来。

鬼又说话了:"别害怕,朋友,我是这辆车原来的主人,三个月前因为制止车匪行凶作案,我被杀死在车里,身上被他们砍了十七刀。"

原来是一位有正义感的同行朋友! 马小哈这才松了口气,便说:"我不害怕。你生前是好人,车匪路霸是我们司机的死敌,你恨,我也恨。"

"说得对。为了报仇雪恨,以后我会帮助你的。现在时间不早,我得走了。"

第二天,马小哈到图书馆查阅三个月前的本地报纸,果然找到了一篇题为"司机见义勇为孤身斗车匪,乘客无动于衷忍看刀下亡"的报道,这才知道车鬼生前名叫何伟,为了制止抢劫,被两名车匪杀死在车里,身中十七刀。文章还写到,何伟与车匪搏斗时,如果乘客中能有人挺身而出,惨剧就不会发生,乘客的钱物也不会遭到洗劫……

马小哈为此心灵一震,从此每天晚上睡在车里时总想和何伟聊天,可何伟却一直没有出现。

一星期后的一天傍晚,马小哈的中巴车开到郊区一个叫茅草湾的地方,忽听一声:"停车! 车里的人,把钱包、首饰、手表全交出来!"

马小哈从反光镜里看见两张狞笑的脸,两名手持小砍刀的车匪，一个瘦高，一个矮壮，正是那篇报道里描述的杀害何伟的凶手。由于当初杀人行劫没有受到惩罚，他们现在气焰更嚣张，小砍刀舞得"呼呼"响，贪婪的眼光在女乘客脸上扫来扫去。

马小哈热血直冲脑门，他心想：为何伟报仇的机会来了！便大声喊道："乘客们，前方五公里就有派出所，大家协助一下，车匪逃不了！"他一边喊，一边猛踩油门，中巴车在公路上飞了起来。司机无畏，乘客勇气倍增，纷纷抓起身边能当武器的东西，投入战斗。车匪一见势头不妙，想设法逃跑，便举刀扑向马小哈。

有过用急刹车甩扒手经验的马小哈，心里笃定，方向盘一甩，刹车一踩，瘦高车匪身子一晃摔倒在车里。矮壮车匪已经砍伤了一名乘客，他挥舞着砍刀狂喊："'瘦狗'，爬过去，砍死司机！砍死他！"叫"瘦狗"的车匪一听同伙提醒，小砍刀衔到嘴里，手脚着地爬了几步，然后一跃而起，举刀就朝马小哈头上砍。

奇怪的是结果那一刀并没有砍到马小哈头上，而是正正好好砍在他自己的膝盖上，他痛得嗷嗷直叫。就在这时，马小哈工具箱里的扳手突然自己飞了出来，正好击中矮壮车匪的头部，乘客们趁机一拥而上，将两个家伙捆了个结结实实，把他们送进了派出所。

晚上，马小哈开着车来到停车场，仍然在车上过夜。他很想和何伟好好聊聊，但何伟始终没有出现。

后半夜，他睡着了，做了个梦，梦见何伟来到他面前，感谢他为他报了仇。并且来向他告别，说阎王已批准他去参加集训，五个月后投胎，下辈子当警察……

（李小海　隆培蓉）

报　　恩

　　老张在一家酒店里当厨师。这工作倒也顺心，就是这地方野猫太多，常来厨房偷吃，防不胜防。有一次，野猫居然趁他不备，把一条烹调好准备上桌的石斑鱼给叼走了，害他被扣了一个月的奖金，还差点被炒了鱿鱼。

　　一天夜里，老张把厨房的窗全关了，洞全堵了，大门敞开着，自己躲进旁边那间作为寝室的小屋里喝酒去了。两盅酒下肚，他偷偷过来一看，好家伙，一群野猫正在厨房里大闹天宫！他冲进厨房，将大门一关，来了个瓮中捉鳖。

　　自然，老张并不想杀它们，只是为报偷鱼之仇，给它们点苦头吃吃。他操起一把菜刀，抓住一只猫就按倒在地，剁掉它的尾巴再扔出窗外。一只，两只，三只……事后一数，一共砍下了十七条猫尾巴。从此以后,那些没尾巴的猫见了老张就害怕,再也没发生过野猫偷食的事情。

时隔不久,酒店的保安人员抓住了一个小偷,被打得鼻青眼肿。他跪在地上苦苦哀求:"大哥大叔大姐大婶们,我并非好吃懒做之徒……一时找不到工作,老婆又卧病在床,我实在饿急了,才……我一定痛改前非,饿死也不偷了,你们行行好,就饶我这一次吧……"

老张听他这一说,跑进厨房,买了一小袋白馒头,给了小偷,说:"去吧,去吧,人穷不能志短,今后别干这事。"

事后老张心想:"人饿急了要偷,何况是猫。唉,我真不该剁那十七只猫的尾巴……"从此,厨房后面的窗台上多了个盆子,老张把那些剩菜剩饭、鱼头鱼尾放进盆里喂猫。这些猫每天吃得饱饱的,再也不苦苦哀叫了。

半年后的一天傍晚,老张觉得身体不适,就请了个假,钻进紧挨厨房的那间小屋睡觉去了,而且很快进入了梦乡。

恍惚中,一个人将他推醒说:"喂,老张,快起来,该换岗了。"

老张睁开惺忪的双眼一看,这不是两年前在这间小屋里因煤气中毒而死的老李吗?他怎么活过来了呢?于是就说:"老李呀,你别开玩笑,我换什么岗?"

"老张啊,你本来还有十七年好活,可你剁掉了十七条猫尾巴,扣去十七年寿命,现在阳寿已尽,该死啦!"

一听这话,老张急了,忙拉住老李哀求说:"我不该那么狠心地剁掉猫尾巴,该死!可我上有九十岁的老母,下有未成年的儿子,妻子又是残疾,全家人就靠我养活,我死了,他们怎么活呀?"

老李点点头说:"情况倒是事实,可是我也帮不了忙,除非那十七只没尾巴的猫能出面保你。"

他此话一出口,只见从床底下、窗台外、门洞里"噼里啪啦"来了一大群猫,围在床前说开了话:

"我们的尾巴本来就是一种摆设，没啥用处，感谢老张帮我们割掉，使我们行动起来轻松多啦!"

"没有尾巴，我们上蹿下跳、爬窗钻洞、捕捉老鼠，反而方便多了。"

"对呀! 更重要的是，屁股上没那条玩意儿，我们就不怕被人抓啦!"

老张听猫儿们争先恐后地这么说，感动得眼圈发红，两腿一软就跪了下来……

当他醒来的时候，发现自己躺在医院的病房里。据工友告知，昨晚由于他早早休息，忘了给猫盆子里放食物，以致晚上那些猫叫得特别凶。猫的叫声引来了老张的左邻右舍，这才发现老张厨房里煤气没关好，接着又发现老张躺在床上已经煤气中毒，就急忙把他送进医院抢救，这才使他脱了险。大伙都说是猫救了老张的命。

大难不死的老张从此改变了对猫的看法，常常省下好吃的东西去喂猫，待人更是非常宽容。他说，猫都能如此宽宏大量，为什么人与人不能宽容一些呢?

（欧　畅）

惊心的照相

　　老霍在刑警大队干了二十多年摄影,他拍的罪犯照片,非常有威慑力。老霍的许多同事都有这样的感觉:他们看现场或者面对罪犯都很平静,倒是看老霍拍的照片,反而有一种莫名的震惊。

　　说来没人相信,老霍这么多年来除了给罪犯拍照,在现场拍照,极少用相机。

　　然而这天下班了,办公室里只剩下老霍和同事白副,白副看见老霍桌上的相机,忽然心血来潮说:"老霍,给我'咔嚓'一张。"

　　老霍很为难,说:"我从来拍的都是罪犯……""没事,你随便拍一张就是了!"白副坚持要拍,老霍只好给他拍了一张。

　　照片洗出来之后,老霍吓了一跳,他拍的白副活像一个死人！老霍没有把照片给白副,好在白副也忘了。没多久,白副在一次执行任务时发生车祸身亡,他死的样子,竟跟老霍拍的照片一模一样,这使老霍一连做了许多天恶梦。

又有一天,老霍背着相机从现场回来,他走上办公楼,看见黄政委正站在走廊上眺望远方。黄政委是老霍的老上级,平时待下属总是和和气气的,一点没有架子,老霍便上前尊敬地叫了他一声。

黄政委见是老霍,笑道:"老霍,辛苦啦!你这海鸥机用了十几年了吧?"

老霍说:"今年满二十年了。"黄政委说:"你提个申请,局里议一议,给你换个现代化的!"

老霍用"海鸥"用得顺手,也用出了感情,从没想过要换机子,但是对黄政委的好意还是很感激,便连声道谢。

两人稍稍聊了几句,黄政委说:"给我来一张吧。"他摆出拍照的姿势,脸带微笑,显得和蔼可亲。

老霍犹豫不决,黄政委笑道:"快啊,不要浪费我的表情啦!"老霍只好调焦距、按下快门。

几天后,黄政委的照片和十几张罪犯的照片一起洗了出来。老霍凝神一看,顿时一阵心慌意乱,他觉得黄政委的表情……他不敢往下细想。

大概一个星期后,黄政委忽然因受贿罪被捕,大家听到这个消息都很惊讶,只有老霍表情平淡,好像什么都没有发生一样。

这一段日子,城北的机关干部新村接连发生三起盗窃案,罪犯很狡猾,几乎不留任何痕迹。大家跑了几天,还守了两个晚上,连个影子也没碰到。

那天,老霍独自到新村查访,回来路上,腰间的 BP 机响了,原来是儿子在呼他,说是母亲突然昏厥过去。老霍知道老伴心脏病复发,没来得及回局里,直奔家去。

回到家里,老伴因为吃了救心丹,已经好了许多。老霍问她要不要上医院,她说不要,老霍于是便松了口气。

儿子看见老霍背着相机,说:"爸,给我照一张证件照吧,我们厂里填表要用照片。"老霍说:"要照到照相馆去照。你早几天怎么不照?""我忙啊,忘了。"

经不住儿子好说歹说,老霍想到晚上该把胶卷拿出来冲洗,里边还有一张底片,便勉强答应给儿子拍了一张。

晚上,老霍在局里的暗房中冲洗,当他看到儿子的照片时,心里蓦地一惊,这简直就是"通缉令"上的罪犯,那眼睛的深处,透露出一股难以掩藏的邪气!

难道儿子是罪犯?老霍实在无法接受这样的事实。

这天晚上,老霍一夜没睡。第二天,等儿子上班以后,他走进儿子的房间搜寻,撬开一个锁着的抽屉,里面除了老虎钳、凿子等工具外,还有几扎外币和一包黄金首饰。老霍只觉得眼前一阵昏暗,几乎要跌倒,他踉踉跄跄地离开了家,乘上电车到了局里,敲响了局长办公室的门……

第二天,儿子被传讯,经侦查,他果然是新村撬窃案的罪犯之一。儿子被逮捕,老伴因受了刺激,心脏病突发而死去,老霍便成了孤身一人。

老霍大义灭亲,同事们都很敬佩,但也觉得奇怪:为什么老霍一看照片就怀疑儿子是罪犯呢?有人说,凡是罪犯,心里总有一股邪气,这股邪气,总要通过眼神和表情透露出来,老霍拍了二十年的罪犯照片,对这股邪气最为敏感,所以一看黄政委、儿子的照片,便能察觉有异。至于白副的照片和他的意外身亡,那不过是巧合而已。

这种说法,好像有点道理。

(何葆国)

魔猫

　　一个宁静的星期天早晨,"两和"超级市场的大老板兼"复利"企业的总裁庄平栋,正兴致极浓地在花园里打高尔夫球,突然听到花园一角的车库那儿传来妻子念娟的惊叫声。庄平栋赶忙奔过去,一看,只见念娟脸色苍白,僵在那儿,眼睛瞪得老大地盯着车库的一个角落。庄平栋忙问:"怎么啦?"念娟颤抖着说:"猫,猫,夏家那猫又来了! 它们,它们来报仇了!"

　　庄平栋听说是猫,宽心地笑了一笑,就走进车库。车库里黑呼呼的,只见一个角落里射出四道蓝幽幽的光来,再定睛一看,只见两只像小狗一般大的黑猫,一只虎视着自己,一只在"格格格"嚼着什么。庄平栋扬扬手,做了个打的手势,喝道:"滚!"

　　谁知那猫非但没逃,一只弓起身子,示威性地向他发出"呜"

一声叫,另一只似乎根本不把庄平栋放在眼里,仍在嚼它的东西。这一下把庄平栋惹火了,他伸手从壁上的木架上抽出一把铁钳,"叭"掷了过去,两只猫"喵"一声灵敏地一跳,避过铁钳,蹿出车库,跳上花园围墙,又蹲在墙上,虎视眈眈地望着庄平栋。庄平栋怒不可遏,忙叫念娟拿来杀虫喷器,朝两只猫喷去。两只猫又"喵"一声跳进花园,一会蹿上花架,一会跳进水池,像故意在逗庄平栋,累得他直喘粗气,却碰不到它们一根毫毛。庄平栋只得叫念娟来帮忙,不料念娟还没打到猫,那猫却主动进攻,"呼"地向她扑来,吓得她"呀"摔倒在地,两只猫从她身上一擦而过,向花园大铁栅蹿去。

庄平栋哪肯罢休,折了一根树枝继续追打。当他追到铁栅时,忽然被一个人挡住去路,一看,是女儿美凤。美凤问道:"爸爸你干什么?"庄平栋说:"你走开,我要打死这野猫!""爸,那不是野猫,是夏家的黑猫。它们是来玩的。""什么来玩?它们跑来捣乱,把你妈吓坏了,你看!"美凤望了望母亲,说:"爸,那猫没了主人,你就可怜可怜它们吧!"庄平栋无可奈何地叹了口气,丢掉了手中的树枝。

这两只黑猫来此捣乱,庄平栋早听念娟说了。近几个月来,它们常常窜来打扰,不是在小客厅里撒尿,就是在大客厅里拉屎;有时瞪着闪闪发光的眼睛,恶狠狠地望着念娟;有时蹿到花园温室内,咬坏念娟心爱的洋兰;有时深更半夜发出悸人的叫声,吓得念娟胆战心惊。以往庄平栋听念娟说猫来报仇的话,只是一笑了之,从没往心上想,可今天他亲眼看到两只猫如此闹事,感到十分蹊跷,不由想到他与夏家不寻常的关系。

夏家是庄平栋的房客,男主人名叫夏福清,是一家纤维公司的老板,他有个妻子和一个女儿。去年夏天,夏福清公司破了产,夏福清又得了肝病。面临厄运,夏家生活发生了很大的困难,夏太太只得去当雇员,女儿也只得退学当售货员。但即便如此,夏家生活依然没多大起色,夏太太和女儿好不容易赚来的一点钱,除了生计,都扔进了夏福清的药罐头里。没办法,夏太太只得来庄家求借。可是,庄平栋不但分文未借,还让念娟向夏太太催逼房租。

俗话说,祸不单行。就在夏福清贫病交加时,他又被警方确认为纵火嫌疑犯而遭拘捕。夏福清在入狱的第二天就上吊自杀了,可是,庄平栋竟趁人之危,逼夏家母女搬迁,而且指使手下人处处刁难逼迫夏家母女,他们在夏家大门上贴上"纵火犯"纸条,又在夏家门前焚化夏福清的人像。夏家母女实在忍受不了了,最终双双自尽。

夏家养有两只猫,庄平栋是知道的。一只叫阿墨,一只叫阿黑,生性机灵凶猛,不仅捉鼠,且能守门,常常把附近的野狗咬得不敢靠拢夏家一步。夏家母女死后,一座大房子就只剩下两只黑猫了。

庄平栋是个聪明人,他当然清楚夏家家破人亡和他有直接关系。当然,庄平栋并不迷信,他不相信在科学昌明的时代,夏家母女的灵魂会附在黑猫身上来报仇。但面对黑猫那冷冷目光,再联系往事,他也不由倒抽了一口凉气。

自从那天两只黑猫来捣乱后,念娟的情绪越来越坏,尽管庄平栋四处抓药求医,念娟仍日渐消瘦,弄得庄平栋心烦意乱,索性一个人搬到书房去睡了。

这一天,庄平栋外出巡视业务,来到离家不远的分公司,到了晚上,他打发司机驾车回去,自己独个儿踏着月色步行回家。他一边抽烟,一边漫步走着,不知不觉竟走到夏家的门前。他猛然想起,听说自夏家母女死后,这里常常闹鬼,便把烟往地上一丢,暗骂一声:"他妈的,闹什么鬼!"便朝花园里走去。只见化园里一片荒芜,门庭也已剥落。他搓搓手正想离去,忽然听到"喵喵"两声猫叫,庄平栋不禁一怔。就在这时,忽然见一个黑影

"忽"地从他面前一闪而过,等他定眼看时,那黑影已闪入夏家。庄平栋感到奇怪,似乎看出那黑影是个穿着黑色套裙的少女。他觉得少女的身影很熟,刚想细看,忽然吹来一阵冷风,他禁不住打了一个寒噤。

他慌忙截了一辆"的士"回家,在车上他一个激灵,想起了那少女的身姿怎么活像是自己的女儿美凤?

当他进入自家花园时,见妻子念娟正躺在水池边的帆布椅上,他信口问道:"娟,美凤呢?""还没回来。"庄平栋心一紧:"哪去了?""我怀疑美凤去了夏家。""什么? 去夏家干什么?""她去看两只猫。""猫?"庄平栋的眉头皱得更紧了。念娟说:"我正要跟你谈这事。先吃饭吧,吃了饭再说。"庄平栋哪有心思吃饭,他看了一眼念娟,发现她的脸白得像纸,眼角添了不少鱼尾纹,往日的艳丽全消失了。念娟深深地叹了口气,问庄平栋:"你最近有没有发现美凤有点不对劲?""你发现了什么?""我觉得美凤变了,变得不像美凤。""什么?"庄平栋一听心就慌了,"快说,变了什么?""她吃东西变了。以往她从不喜欢吃鱼,可最近忽然喜欢起鱼来,而且喜欢吃生鱼。"她顿了顿又说,"美凤一向好动,可最近走路很轻,不讲一句话。我、我怀疑她变成了猫……""放屁!"庄平栋突然打断念娟的话,"我看你应该去看医生,简直越来越糊涂了!"念娟大声坚持:"我没糊涂。我问你,那天在车库里有一只猫在嚼东西,你看到吗?""看到了。""它嚼的是什么你看清楚吗?""灯光太暗,没看清,也许是老鼠吧。"念娟突然大嚷道:"不,不是老鼠,那是人的手指,是个少女的手指!"说完,捂着脸大哭起来。庄平栋忙上前拍拍念娟的肩头,念娟突然大喝一声:"别碰我! 都是你干的好事,是你作了孽!"说完,恶狠狠地望着庄平栋。

庄平栋见一向柔和温顺的妻子如此变态,大为惊愕。就在这时,突然又听到一声猫叫,这声叫,叫得庄平栋心里一凉,叫得念娟大惊失色。夫妻俩正你望我、我望你时,一旁传来美凤的叫声:"爸爸,妈妈,我回来了。"

庄平栋见女儿回来,心里一块石头放下了。美凤打了招呼后,往二楼睡房走去,可奇怪的是,她走在那木制的楼梯上,竟然一点脚步声音也没有。

女儿这个异常,使庄平栋刚安宁下的心又"怦怦"急跳起来,他低声对念娟说:"你跟我一起去看看。"说完,两个人悄悄上楼,来到美凤的房前,轻轻一扭门,门上了锁,附耳听听,里面一点声息也没有。他俩弯腰从钥匙孔朝里一看,惊得差点叫出声。只见女儿美凤穿着黑套裙,像猫一样地伏在地板上,她的身旁蹲着一只大黑猫。那黑猫不时挥动利爪,轻轻拍打着美凤的面孔,美凤也用手抚弄着大黑猫,看上去犹如两只猫在嬉戏玩耍。

庄平栋看不下去了,折转身下楼。念娟匆匆朝匙孔里张了一眼,也慌慌张张追着庄平栋奔下楼,她的脸色已变成了死人一般。

这一夜夫妻俩都没睡好觉,他们横想竖想,也无法解释女儿为什么会这样。

第二天一早,庄平栋踏进餐厅,就见美凤已坐在那儿。庄平栋看看她的脸,见她脸色红润,和平常一样,心里的疑团又消失了。等女佣送上早餐,美凤拿了一块面包,往嘴里一塞,站起来朝庄平栋微微一笑,说声:"爸,我约了朋友,先走了。"说完,轻盈地走了。美凤一走,庄平栋把念娟叫来,说:"我看美凤很正常,咱们都别胡思乱想了。我明天去东京,一个星期就回来。你好好在家休息休息。"

过了一个星期,庄平栋如期回来了。念娟到机场接他,他一见念娟,吓了一跳:真没想到,只一个星期,念娟居然恢复得这么好,瘦削的脸庞丰满了,无神的双眼充满了光彩。

坐在汽车里,庄平栋忍不住问:"派人去过夏家吗?""派过,但没找到那两只猫。""猫哪去了?""哎呀,管它什么猫不猫的,咱以后不要提它了,好不好?"说着,念娟偎到庄平栋怀里,庄平栋捏着念娟的手,觉得出奇的柔软,出奇的温暖,暖得他心里阵阵燥热……

庄平栋回家过了一星期,家里平安无事。但令庄平栋奇怪的是念娟每夜都要挑逗他行房事,他心想:过去念娟不曾有过如此要求呀! 难道是她更年期的反应? 这么一想,他释然了。

这一天,念娟和美凤一早买了票去看粤剧,庄平栋吃过早餐便进书房办公。刚坐下,女佣走了进来,说她打算辞职不干了。庄平栋惊讶地问她为啥,女佣惊恐地说:"太太和小姐夜尿。我每天给她们收拾屋子,被子都湿了一大片,床褥上还有鱼鳞!"说着,她递给庄平栋一个布包。庄平栋打开一看,里面是一只小鸟的残骸。阿媚说:"这是我从太太的床底下找到的,是太太心爱的画眉鸟,是给猫咬死的……"庄平栋还没听完女佣的话,就颓然地瘫倒在座椅上了。

这天晚上,直到深夜十二点过后,念娟和美凤才笑嘻嘻地回来。庄平栋推说倦了,不动声色地上床假睡,还故意发出鼾声,偷偷地窥探念娟的动静。到了破晓时,只见念娟悄悄起来,穿上睡袍,打开门,无声地出了房间。庄平栋立刻从床上一跃而起,暗暗跟着。他见念娟进了美凤的房间,接着两人轻飘飘地下楼,穿过客厅,开了落地窗门,走入花园,来到水池边。庄平栋忙隐身在一株松树背后,就见美凤一弯身子,伸手从水池里抓了一条活蹦活跳的鱼,送进嘴里大嚼起来。

看到这情景,庄平栋已确认那两只黑猫已经附在了妻子和女儿身上了。现在的念娟和美凤,已变成了两只猫! 自己如果再和她们生活下去,总有一天也会像池中的鱼一样,被她俩活活咬死。

这么一想,庄平栋立时冷汗直冒。他一咬牙,转身上楼,回到书房，拿了一支左轮手枪，再回到花园，他打算打死这两个女人。他举起手枪，刚要扣动扳机，猛地又想到既然两只黑猫附上了念娟和美凤的身躯，那她俩的真正躯体被弄到哪儿了呢？他断定准是在夏家，于是转身骑了脚踏车，赶到夏家。

如今的夏家黑洞洞的一片死寂。他刚支好车，突然听到二楼传来女人的啜泣声。他抬头朝二楼一望，看到那熟悉的窗帘，不由心里一抖，立刻想起自己曾经干下的那件伤天害理的事来。

那是在夏家母女自杀的前一天晚上，庄平栋带着酒意，强奸了夏太太。现在他听那哭声，很像夏太太，他惊诧地忍不住上了二楼。推开房门，他一眼看到角落里正蜷缩着两只黑猫。黑猫一见他，立即从眼睛里放出刺人的光，猫毛倒竖，那姿势好像马上要向他扑来。他惊骇了，一抬枪，"砰砰砰"一连开了六枪，两只猫被枪击中，躺倒在地。

不料，等庄平栋抹抹额上的冷汗，再定睛一看，呀！躺在地上的哪里是猫，而是他的妻子念娟和女儿美凤。

（冬 草）

滑 稽 世 界

唯有在表象中误认假象,滑稽可笑才可能。

祖传秘方

　　有个货郎,因错过了宿店,天黑时只得到山坳里一家人家去敲门。

　　敲了老半天,门开了,出来一位老大娘。她听说货郎要借宿,忙说:"与人方便,理所当然,过去也有人在我家宿过。可是,今晚对不起,实在不行。"说完就要关门。货郎急了,连忙恳求:"大娘,天色已晚,我又人地生疏,住哪里去呢? 还望大娘行行好,留住一宿,明日一早就走。"老大娘说:"实不相瞒,我家老汉重病在身,现已奄奄一息,说不定什么时候就会咽气。万一今晚有个三长两短,岂不连累了你。""请问,大爷得的是什么病?""唉,没有病,只是鸡骨鲠在喉咙里,已经两天了。"货郎一听这话,连忙说:"这可真是碰巧了! 我正有一祖传秘方,专治骨鲠在喉的,只要还有一口气,保证药到病除。"老大娘一听喜出望外,于是就打开大门,将货郎迎了进去。

其实,货郎哪有什么祖传秘方?他只是投宿心切,急中生智胡说八道而已。当他安顿好住宿以后,心里不免暗暗着急:待会儿老大娘来要药方怎么办呢?正在这时,他突然觉着内急,便连忙钻进了茅坑。

山里的茅坑,蚊子特多,"嗡嗡嗡"地直往货郎屁股上叮,叮得他又痒又痛,难受极了,只得挥动巴掌使劲往屁股上拍。他跑了一天路,天气又热,出了一身汗,所以这一巴掌、一巴掌下去,又是擦又是搓的,连蚊子带汗屑就搓成了一个小丸子。货郎一看乐了,这不就是"药丸"吗?他来劲了,于是就拼命地拍,拼命地搓,不一会儿,就搓成了好几十颗,用纸一包,交给了老大娘:"喏,这药丸给大爷吞下,明日天亮后,鸡骨头一定吐出来。"

货郎实在太累了,吃完饭倒头就睡。天刚蒙蒙亮,他才醒来,侧耳静听,没有一点声响,他由此断定老汉没死。可是思前想后,总觉得自己做了件亏心事,为了宿夜,怎能这样骗人?天一亮,又将如何向老大娘交代?三十六计,走为上策,还是趁早溜吧。他想到这里,急忙起床,挑起货郎担,溜出大门跑了。

此时,天还没大亮,货郎挑着副担子,路不熟,心又慌,一脚高、一脚低的,可算是吃足了苦头。好在天越来越亮,路也越走越平坦,直到走出十多里路,他的心才平静下来,这才觉着满头是汗,浑身乏力,就歇下担子,擦了擦汗,准备坐下来稍事休息。

哪里晓得,他屁股还没搭着地,只见后面一个人骑着快马,边跑边喊地朝他奔来。他慌了,肯定是出了人命,人家问罪来了。这怎么办呢?跑吧,能跑过马吗?躲吧,往哪儿躲呢?

眨眼间,快马来到他跟前,那人滚鞍下马,拱手作揖,彬彬有礼地说:"恩公,您怎么不告而别呀?家父命我一定要追到您,请您返回,他要当面酬谢您的救命之恩。"听他这么一说,货郎着实吃惊,真是丈二和尚摸不着头脑了。

　　原来,昨天晚上,老大爷在吞服那些药丸时,只觉得一股臭味往鼻孔里钻,但为了活命,再臭也得吞。可那又酸又臭又腥又臊的味儿实在受不了,所以没等药丸下肚就"哇哇"地大吐起来,直到把胃里的东西全吐光才停住。说来也怪,这一阵呕吐之后,他喘气也匀了,神色也好了,细细一看,鸡骨头已经吐出来了。这么件起死回生的大事,本该立即告诉救命恩人,可是他们到客房一看,货郎却四仰八叉睡得那么死又那么香。他们想:明早再说也不迟,反正要重重谢他。可也许由于晚上睡得太迟,临近天亮又睡得太死,因此货郎走掉谁也不知道。待到天明发现恩人不告而别,老大爷哪肯罢休,当即让儿子骑快马追赶,非找回来不可。

　　货郎听了老大爷儿子的这番叙述,悬着的心放下了。他笑笑说:"你家父的病好了,那是他命中注定大难不死,你们用不着谢我,请回吧,祝你家父健康长寿。"说完,挑起担子要走。老大爷儿子见货郎执意不回,无奈之下再三跪拜谢恩,并说:"恩人,您这药丸可真称得上是灵丹妙药,能否告诉我是用什么做成的?我们今后也可治病救人。"货郎笑笑说:"请原谅,此乃祖传秘方,不可外传。天机一旦泄漏,药就不灵了。"

　　　　　　　　　　　　　　　　　　　　　　(佚　名)

丢枪以后

长龙玩具厂生产一种仿真枪,这枪除了没有真枪的性能外,几乎和真枪一模一样。

这一天,厂包装车间的搬运工王大明和在保安公司工作的老同学吴小刚,在厂门前的小店里喝酒。

两个人你一杯、我一杯地对饮着,不多时脸就都涨得像猪肝子一样了。吴小刚说:"老同学! 日后受了委屈说一声,老弟会给你做主的。"说着,"嗖"从腰里拔出一把闪着寒光的"五四"式手枪,往桌上一放。王大明笑笑说:"怕是玩具手枪吧?"吴小刚"噜噜"又拿出一梭黄灿灿的子弹顶进枪膛,枪栓一拉,"哗啦啦"作响,他神气地说:"你别说傻话,我手指头一勾,可以打穿两个脑袋!"

看来这是真枪无疑,可是吴小刚那神气样,王大明心里挺不服气,他歪着脖子讥讽道:"我看跟咱们厂生产的娃娃手枪差不多,反正是供人玩的,不值钱!"

俗话说:酒喝多了会误事。这不,吴小刚非要争这口气!他当下就让王大明领着,来到长龙玩具厂。在包装车间的流水线旁,王大明拿起传送带上的一把假枪,递给吴小刚,吴小刚把它和真枪一对照,嗬,还真的非常相似。可他嘴上不服输:"我的外号是手枪大王,真枪、假枪都逃不过我的眼睛,不信你把我的真枪和你的假枪放在一起,我一眼就能认出来哪一把是真家伙。"

王大明不信,就把他的真枪拿过来,扔进旁边的一堆假枪当中,并且像搓麻将牌一样故意搅乱了位置,让吴小刚去认。吴小刚上去就抓起一把枪,说也怪了,还真是那把真枪。

王大明也是个不服输的人,当下就说:"这不算本事,枪又没有离开你的眼皮子,你要是能把枪放入上一个车间的流水线,再在这边等着认出来,那才算真本事!"

吴小刚也觉得刺激,当下把胸脯一挺说:"没问题!"于是两人一起来到组装车间,趁着当班工人不注意,把那把真枪放入了转动中的流水线,然后又一起跑回来等着。不多一会儿,吴小刚胸有成竹地指着由远而近的一把枪,说:"就是它了!"他没有马上去抓枪,而是问大明信不信。大明说"不信",他就跟着流水线慢慢往前走,眼看着枪快要进包装机了,他伸手一抓,然后把枪栓一拉,只听他"咦"了一声:怎么搞的?他的枪是上了子弹的,应该是黄色的子弹,可这把枪里是灰色的塑料子弹,啊呀,是玩具枪!吴小刚急忙又拿起一把,也不是!这下他头上出汗了,连忙让大明陪着一起找,可两个人瞎忙了半天,还是没找到。完了,真枪混进包装箱了!

要说现在把机器停下来,还是能够找到的,可吴小刚这枪是擅自带出来的,他怕传出去被领导知道后要受处分,所以也就没敢声张,又返回组装车间去找,可是一直找到下班,那把真枪也没找到!

如今,市场上这类仿真玩具手枪十分热销,所以这把真枪和其他玩具枪一样,进了包装盒后直接运到了市中心的红星百货大楼,很快被摆上了柜台。

这是一把压了一梭子弹的"五四"式手枪,由于那天吴小刚喝了酒,保险还是开着的,真是太危险了,要是有人扣动扳机,子弹就会飞出来,那可是指哪儿打哪儿,绝不留情的。

这一天,新苗幼儿园的小朋友黄阿毛,由妈妈领着来逛百货大楼,来到玩具柜台前,阿毛一眼就看上了那一把把乌黑发亮的小手枪,吵着要买,妈妈便让售货员给拿一把看看。售货员正好把吴小刚的那把真手枪拿了出来,她热情地说:"来,阿姨教你怎么打枪。"因为她已经卖了无数把枪了,所以摆弄起来非常熟练,她举起枪对着大厅顶上的梅花吊灯瞄了瞄,然后一扣扳机,只听"叭"的一声,一条火蛇飞出枪口,梅花吊灯被打得粉碎。大厅里正在购物的顾客一下子炸了窝,小阿毛吓得一头栽到妈妈的怀里,那售货员也吓得手一松,枪落到了玻璃柜台上,砸碎了玻璃柜面,又落入柜台里的一堆玩具枪里。

大楼领导闻讯赶来,一边指挥人把吓昏了的售货员抬下去,一边吩咐后勤组的王二虎去柜台里找那把能打出子弹的真枪。

这王二虎早就想弄一把真枪玩玩,听说出了这事,很卖力地在玩具柜查找,不一会,他摸到了一把枪膛发热的手枪,便趁其他人不注意的工夫,悄悄地把枪装进了自己的口袋,然后就抱着一大堆玩具手枪去找领导汇报。几个领导都觉得奇怪,就把这堆枪全部交给了公安局。

再说王二虎,他拿着那把真枪悄悄地离开了大楼,美滋滋地回了家。他把儿子的那把玩具手枪拿出来和自己的真枪放到一起反复比较,真是太像了!只是枪膛里有细微的差别。他玩了大半夜,高兴得连觉都没有睡好。第二天一大早刚准备去上班,吴小刚来找他了。吴小刚和王二虎也是酒肉朋友,他听说红星百货大楼玩具组发生真枪事件以后,吓得一夜没睡好觉,现在登门请王二虎设法把这把枪给找回来。

吴小刚说:"伙计,老弟这回全靠你了,要是这把枪找不回来,让上面知道了,说不定老弟还得去蹲监狱。"

王二虎装出很为难的样子说:"根据你刚才说的情况,我分析我们百货大楼那把枪肯定就是你老兄的了,只是这事搞得满城风雨,公安局都插手了,就是找到了,我也不一定能给你拿出来。"

吴小刚哭丧着脸说:"千万千万请你帮帮这个忙吧!你需要多少钱只管说,五千行不行? 一万行不行?"

王二虎一听对方肯出钱,就笑着说:"我可以给你试试,这世上十个人里就有十个爱钱的,拿钱买通公安倒是个好办法,你先给我拿一万吧。"

于是,王二虎跟着吴小刚去他家拿钱,临走时他返回里屋把床下面的两把枪拿起来掂了掂,把真的那把掖进腰里,就跟着吴小刚走了。

王二虎从吴小刚那里拿到一万块钱,手痒痒的,连班也不上了,偷偷跑到城西的地下赌场,一直赌到晚上,把一万块钱输了个精光,他想挽回败局,结果又欠了人家两千块钱,他一看再这样下去,这帮人非把自己吃了不可,就推说要解手,想偷偷溜掉。哪想这伙赌徒都是红了眼的狼,哪能放他走,有的把刀子拿出来往桌上一扔,说要是不掏钱,就把他的耳朵割下来。

王二虎正在犯难的时候,他突然想起自己腰里还别着那把真家伙呢,不由气也壮起来,大喊:"小子们,不要给脸不要脸,爷爷跟你们玩是赏你们脸,要是哪个不服就站出来,看爷爷敢不敢打烂他的脑袋!"说着"嗖"一下把枪拔出来了。几个赌徒一看他拿出一把乌黑的手枪,先是一惊,有几个还想找地方躲藏。可有一个胖子冷笑几声,也从身上拔出一把同样的手枪,说:"伙计们,他的枪跟我的一样,全是在玩具店里买的假玩意儿,别怕他,给我上去割了他的耳朵!"

几个人听罢就往上围。王二虎一边往后退,一边大喊:"站住!别动!告诉你们,我这可是真枪,谁要是敢再动一下,我就让他脑袋开花!"

几个人不理他,还是往上靠,王二虎急了,把枪瞄准那个胖子的脸,用力一扣扳机,只听"啪"一声,一颗塑料子弹打到了胖子的鼻子上。原来他拿错了,把儿子的玩具手枪给拿出来,倒把那把真枪留在了家里。

几个人一看枪是假的,好小子!居然跟我们玩上了?于是他们一拥而上,把王二虎压在地上,有一个拿刀的就要去割他的耳朵。王二虎吓得忙喊:"饶……饶命!我……我保证明早把钱如数送过来,饶了我吧!"

这帮人听他说明天交钱,这才没下狠手,只是抓着他的头发往地上撞了几下,就把他放了。

王二虎从赌窝出来,急忙给吴小刚挂电话,说事情办得差不多了,人家还要五千块钱,让他马上给送到大成酒店门口。

不多一会儿,吴小刚坐着出租车来到酒店门口,和王二虎两个进去一起吃了晚饭,酒足饭饱之后,王二虎装起吴小刚的五千块钱,说好第二天把枪给他。

王二虎哼着小曲回到家,一进家门,突然看到儿子正拿着一把手枪在玩呢,儿子见爸爸回来了,举起枪对着王二虎说:"举起手来!"

王二虎心说:坏了!放在床底下的枪怎么居然会被儿子发现了?这还了得!他急忙举起双手,都快给儿子跪下了:"别……儿子……千万别开枪!爸爸求……求求你了!"

他老婆闻声从里屋出来,一看王二虎害怕的样子,大骂:"你个没出息的！怎么让儿子把你吓成这个样子？"

王二虎说："这枪……是真的！"

老婆笑着对儿子说："看你爸那个熊样，还不如女人呢，来，儿子！照妈的肚子打一枪，让你爸看看。"

儿子举枪对着他妈的肚子就要打，王二虎在一旁急出了一头汗，他刚喊了声："别……"枪就响了，一颗塑料子弹打在老婆肚子上，又落到了他的脸上。他自语："这是……怎么回事呀？"

老婆说："怎么回事？这是我刚领他去街上买的，前几天买的那把枪怎么也找不着了，非让我又给他买一把。"

王二虎一听，心里的石头这才落了地，他一边擦汗一边去要儿子手里的枪，儿子不给，跑着进了里屋，由于地滑，一个趔趄摔在了地板上，小脑袋顺势往床底下一看，咦！床下还有一把枪，他以为是妈妈前几天给他买的那把呢，便爬进去拿了出来，把原来手里的那把随手扔到了床上，举着这把枪就冲了出去。

这时候王二虎正把兜里的五千块钱拿出来，想数一数，一看儿子出来了，借着酒意，他抽出一张一百元的票子在儿子眼前一晃，说："儿子哟！爸爸给你发奖金，拿去吧。"

儿子从他手里接过钱，又看看他手里那一摞钱，说："不行！你有那么多钱，为什么只给我一张？你得全给我，不然我打死你！"

王二虎也没往心里去，指着自己的脑门子说："好小子，往这儿打！"

他老婆也在一旁帮腔说："真是个小气鬼，从哪弄来了几个臭钱，瞒着我们娘儿俩，儿子，打他的头！"

儿子一听，便把枪举起来，走上去把枪口顶到王二虎前额上，说："把眼闭上。"王二虎就把眼闭上了，只见儿子的手指头一扳，"啪"的一声震耳的枪声，王二虎的天灵盖儿就开了花，血飞溅到儿子和他妈身上，母子两个一声没吭，吓昏了过去……

（徐　洋）

断指的故事

　　江南水乡的淀河镇，有家父子诊所。父亲王仁寿，七十高龄，骨伤科堪称一绝；儿子王新，外科也小有名气。因此，诊所不大，名声不小，每天慕名来求医的患者络绎不绝。

　　一天下午，一辆轿车在诊所门口停下，从车上下来一位老人，西装革履，衣冠楚楚。他一手拄着拐杖，一手拎只黑色小皮箱，走进了诊所的大门。

　　王新见来者气度不凡，急忙让座，问道："先生贵姓？"

　　老人说："敝姓孙，刚从国外回来，我想面见王仁寿先生。"

　　王新笑笑说："孙先生，实在抱歉，家父年迈体弱，一般的病由我处理，如遇疑难病症，我再向他请教。是否让我先为您检查一下再说？"

老人摇摇手说:"不不不,我没病。"

"那你是……"

"我是为王老先生的指头而来。"

听他这一说,王新想起了父亲曾对他说过的一件往事。

那是四十多年前的一天,年近三十的王仁寿接待了一个奄奄一息的病人。他检查以后问道:"你们给他吃过什么药?"家属说:"吃过江湖郎中的一味药。"王仁寿叹了口气,说:"他患的是血吸虫病,本来我三帖草药就可治愈,可江湖郎中的药里用了砒霜,而且用量过多,以致病人全身中毒,已无法挽救,准备料理后事吧。"果然,当天晚上病人就气绝身亡了。

哪里知道,三天后的一个夜晚,王仁寿出诊回家,途中冲出个蒙面人来,手持匕首,照准王仁寿的胸口就刺。王仁寿抬手阻挡,未被刺中,但右手大拇指被匕首割断,鲜血直淋。蒙面人扔下凶器,落荒而逃。后来怎么也查不到凶手,事情也就不了了之。

一晃四十多年过去了,居然冷灰里爆出个热栗子,有人为指头登门,这是怎么回事呢?

孙先生开口道:"不瞒你说,砍掉王老先生手指头的凶手就是我。"

王新不觉一惊,脱口问道:"那你当时为啥要对我父亲下此毒手?"

孙先生不好意思地说:"老弟有所不知,我就是那个江湖郎中,当时年轻无知,干了那么件傻事后就去当了兵,几经转折,流落到国外。几十年来,一想到这件事就心里难受。如今叶落归根,回到原地,特地登门赔罪。能否请王老先生出来,让我见上一面。"

王新听罢,冷冷地说:"我看不必了吧,事情过去四十多年了,何必多此一举,再勾起他老人家痛苦的回忆呢?"

孙先生连连点头说:"这倒也是,但我欠下的债不能不还。"他顺手打开皮箱,从中取出几叠百元大钞,放到桌上,"这是区区五万元钱,请你转交王老先生……"

谁知就在这时,"嚓"门帘一掀,王仁寿从里屋蹎了出来。他将着飘在胸前的长须,对孙先生说:"你当年打着行医的旗号,谋财害命,事情败露后,不思悔改,反而持刀行凶,加害于人,这笔账难道能用钞票来了结?"王仁寿一边说,一边将桌上的百元大钞扔回孙先生的黑箱子。

孙先生顿时羞得面红耳赤,手足无措。他愣了好一会儿,才转身朝王仁寿深深鞠了一躬,说道:"王老先生,既然你不肯收我的钱,我也只能……"他顺手操起桌上的一把刀,对准自己右手大拇指劈去。

王仁寿眼疾手快,挥起一拳,将孙先生手里的刀打落在地,但毕竟慢了半拍,孙先生的指头还是割开了一道口子,血流如注。王仁寿一把抓起他的手,捏住伤口,细细一看,冷冷地说:"嘿嘿嘿,我们之间的恩恩怨怨,岂能如此简单地了结?"说完朝儿子使了个眼色,扬长而去。

王新连忙替孙先生作伤口处理,并说:"孙先生,家父向来脾气古怪,言语尖刻,请别介意。先生伤得不轻,请你在此暂住数日,待伤口愈合再走不迟。"孙先生欣然同意。

哪里知道,孙先生在这里一住三天,刀伤不但没有好转,反而一天比一天恶化。

这天晚上,孙先生痛得翻来覆去睡不着,突然听到隔壁房间里王仁寿父子两人的谈话声。虽说声音不大,但在这夜深人静之时,却听得一清二楚:"阿爸,孙先生的刀伤已治了三天了,怎么不见好转呀?""你知道啥!我有意让他尝尝断指的痛苦!""阿爸,你说轻点不行? 人家就睡在隔壁。""他听见又怎么啦? 你设法把他那只箱子拿来,那样他要走也走不掉,让他……"下面的话听不见了。这些话,可把孙先生吓得不轻。他真懊悔自己想得太天真,事情都过去四十多年了,自己何必多此一举呢? 好一个心狠手辣的王仁寿,我们的账也算了结了。他想到这里,拎起那只黑皮箱,紧紧地抱在怀里,一夜没合眼。

第二天早上,他提出要走。王仁寿见他态度坚决,表示同意,但要求他吃了中饭再走。孙先生哪有心思吃饭,但又不便硬推却,只得答应。

中午的饭菜,说不上美酒佳肴,但也算是丰盛的了,三人围坐一桌,边吃边谈,像是什么事情也没发生过。

酒过三巡,王新端出一只盘子,盘里放着把匕首。王仁寿拿起匕首扬了扬,说:"孙先生,你还认识它吗? 四十多年来,我像保护文物一样珍藏着它,今天可要派派用场了。"

听他这一说,孙先生大惊失色,心想:好一个狠毒的王仁寿,竟来这一手! 可事到如今,除了任人宰割,又有啥办法呢? 他气得脸色发白腿打颤。

只见王仁寿用手指试了试刀锋,又举刀在盘子上轻轻一划,瓷盘当即一分为二。"真是一把好刀啊! 孙先生,物归原主吧。"王仁寿说着,将刀递到了孙先生面前。

孙先生似乎不相信自己耳朵,两眼盯着王仁寿愣了好一会儿,才伸出他发抖的双手来接匕首。

就在这当口上,王仁寿挥起一刀,"嚓"的一声,孙先生右手的大拇指落到了地上,一旁的王新不敢怠慢,连忙给他上药包扎。

王仁寿扔下匕首说:"这下好了,终于了却了我的一个心愿。"

孙先生不无感慨地说:"这叫冤冤相报,我孙某罪有应得,可你王先生作为一个德高望重的医生,这样做也未免卑鄙了一点?"

王仁寿听了哈哈大笑:"孙先生,我也是出于无奈呀! 你不知道,不这样就救不了你的命。"

王仁寿说出了事情的原委。

那天孙先生持刀自伤,王仁寿从他伤口流出的血里发现他得了一种叫"钻骨滑瘤子"的病。这种病很麻烦,药物无效,动手术吧,一碰到金属器械,病毒就会钻;一旦患者知道了自己的病因后,病毒就会滑,患者想到哪里,病毒就滑到哪里,到那时就无可救药了。

为了治好孙先生的这种病,王仁寿先用药将病毒调集到他的大拇指上。昨天晚上王仁寿父子的谈话是特意设计的,目的有二:一、使孙先生的注意力集中在这只大拇指上;二、逼他提出走的要求。刚才餐桌上拿出匕首,是给孙先生制造一种心理压力,借此机会以迅雷不及掩耳之势快刀斩乱麻,砍去他那个病毒集中的大拇指。

孙先生听到这里,紧紧握住王仁寿的手说:"王先生,你不记前仇,还救我一命,我怎么感谢你呢?"

王仁寿说:"医生的任务是救死扶伤,不图报,不贪钱,更不记仇。"

孙先生听完,失声痛哭。

(李溪溪)

悲 愤 填 膺

悲哀落在地上,还会重新跳起来,不是因为它的空虚,而是因为它的重量。

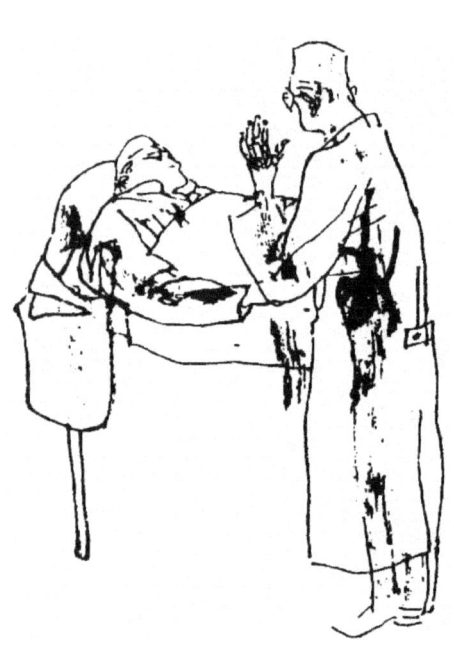

一碗红烧肉

　　阿法与法老太是一对恩爱夫妻,儿子、儿媳因车祸早逝,膝下只有一个八岁的孙儿,叫毛头,刚上小学一年级。

　　阿法夫妇退休较早,两人退休工资加在一起,还不到三百元,因此家中经济比较紧张,饭桌上很少见到鱼肉。

　　这一天,毛头中午从学校回来,对奶奶撒娇说:"明天学校要大考了,我想吃两块红烧肉。"

　　法老太听后,一阵心酸,搂过长得大头大脑的孙子,端详了好久才说:"好孩子,奶奶真想多买些好东西让你补补身子,可奶奶昨天刚付掉水电费,身边只剩下一元钱了。"

　　毛头好懂事,见奶奶伤心,忙改口说:"奶奶,我逗你玩哩,其实红烧肉没有豆腐容易消化,我根本不想吃。"

听到孙子说这话，法老太更伤心了，她从怀里摸出仅有的一元钱，交到毛头手里，长长地叹了口气，说："乖囝，咱们家穷，拿不出更多的钱，你去肉摊上碰碰运气吧。"

小孩总归是小孩，毛头马上高兴起来，拉着法老太的手要她一起去。法老太是个非常爱面子的人，她怕买一元钱的肉被人看不起，所以对毛头哄道："奶奶今天身体不太舒服，你自个去吧。"

毛头信以为真，于是就高高兴兴地出了门。毛头一走，法老太的心就一直七上八下的，唯恐小孙子被肉摊上的人看轻，遭白眼。可万万没有想到，毛头回来的时候，手里竟拎着一块两斤重的纯精肉。法老太感到奇怪，正要问，毛头喜滋滋地解释："肉摊上的叔叔认识我，他说知道我们家的情况，所以一分钱也不要，说是送的。"

这本是一件极平常的小事，可在法老太的心里却产生了强烈的震动，她认为这是家丑大曝光，人穷今后更会被社会看不起。这样活着还有什么意思？强烈的自卑感，使她的脸烧得通红通红，为了不让家人再遭别人歧视，法老太把心一横，决定到地下去与儿子、儿媳团聚。

法老太写下一封遗书，放在枕头底下，然后精心烧好一锅红烧肉，拌上剧毒农药，做完这一切，法老太就在家等着，等着祖孙三人共进最后的晚餐。

法老太在等阿法，想不到阿法今天还真有福气，刚才他路过第一百货商店，见在有奖推销"发灵"牌肥皂粉，买的人很多，阿法也一时心血来潮，上去买了一包，因为是即开式奖券，阿法当场打开，见有三只小白猪，一问才知中了一个二等奖，当场奖得五百元现金。所以傍晚回来时春风满面，腰板似乎也比平时硬朗得多。法老太见老伴得了奖，反倒有些为难了，一时竟下不了决心。蒙在鼓里的阿法见桌上摆着大碗红烧肉，就急着拿起筷子要吃。

法老太心"别"一跳，来不及多想，身子故意一斜，手一拨拉，将那碗红烧肉打翻在地，没等阿法叫出声，法老太已将红烧肉扫进畚箕，然后又亲自倒进弄堂里的垃圾筒。

阿法不知就里，心痛地埋怨道："老太婆今天发昏了，红烧肉弄脏了，洗洗不是还好吃嘛，为啥要倒掉？"

正说着，毛头从外面回来，听说红烧肉被奶奶倒进了垃圾筒，不由委屈地哭了起来。

阿法心痛孙子，想起那奖得的五百元，眼睛一亮，安慰道："毛头，别哭了，爷爷带你上饭店，红烧肉随你吃多少，咱们也痛痛快快地潇洒一次！"

毛头一听，高兴得手舞足蹈，法老太想想毛头从来也没进过饭店的门，所以也点头表示同意。

这天傍晚，天气相当好，阿法一家在寻找着他们理想的饭店。豪华气派的他们不敢进去，门外有迎宾小姐迎候的，又有点怕，最后他们总算相中了一家"富贵大酒家"。

这家饭店敞开着大门，堂口供着一尊财神菩萨，神龛前红烛高照，香烟缭绕，店堂内生意兴隆，座无虚席。一位中年服务员见阿法身材高大，皮肤黝黑，头发银灰色，穿着白布无领衫，圆口布鞋，当作是大款港客光临，殷勤地介绍他们到一个叫"伊甸园"的包房去就餐。

阿法不懂行情，推门进去，里面很黑，只点了盏小灯。阿法正想找座位，旁边突然闪出一个女人，面朝他们跪下，口中念念有词："我儿、我儿。"阿法觉得扫兴，堂堂饭店，藏着一个女叫花子，正想退出，那位"要饭"的说起了中国话，"欢迎，欢迎。"经解释，阿沃夫妇这才搞清楚，这女人原来是服务员，刚才说的"我儿、我儿"，那是外国话，就是"欢迎、欢迎"的意思，她这就叫"跪接式服务"。

阿法定定神,朝四下看看,只见房间里铺着柔软的地毯,正中放一张雪白的小圆台,四周是线形沙发椅。当他们三个人落座后,服务员很快送上三小盅香茗,两只小碟子,一只碟里放着八粒花生仁,一只碟里有八条榨菜丝。

阿法夫妇正在嘀咕,喝茶为何用吃稀饭的小菜?服务员又送上一本厚厚的大红烫金菜单。阿法嫌室内光线暗看不清,就让服务员将灯开亮。谁知,灯刚亮,法老太突然尖叫一声:"喔哟……"双手捂住眼睛就往外逃,原来伊甸园的墙上有亚当和夏娃的赤身裸体画。这时阿法也看到了,顿时脸红耳赤,也要起身。这里的服务员都是经过特殊训练的,见状忙轻轻一按机关,一块天蓝色挂帘于是就自动把画遮了起来。阿法没法再走,只好把法老太又拉了回来。

两个人静静心,重新拿起菜单,可是一看都傻眼了:这哪里是菜单,分明是一本谜语大全:什么"春风杨柳",什么"孔雀开屏"……阿法心想:这些菜到底是啥原料做成的呢?若从字面上去研究,那么吃"春风杨柳"应该到公园去,吃"孔雀开屏"当然要上动物园。

阿法正疑惑不解,那服务员主动上来介绍起来:"老先生若对菜单上的菜不满意,敝店还备有家常菜系列,四冷盆、三热炒、两道点心外加一碗罗宋汤,那是专门为吃厌了山珍海味的顾客预备的,每套只要两百元,既经济又实惠,二老不妨试一试?"

阿法一听两百元,早吓得头颈都缩进去了,忙向对面的法老太眨眼,准备开溜。

服务员轧出苗头不对,"扑通"一声跪了下来,苦苦哀求道:"敝店的接客程序是从外国引进的,客人若有不如意的地方,尽可吩咐,我一定尽心尽力去改进。但是三位如果不吃就走,老板怪罪下来,我定会被炒鱿鱼的。"说完,潸然泪下。

法老太平时最见不得人流泪,见姑娘如此可怜,心早就软了,对阿法说:"吃吧,两百就两百,别让这孩子丢了饭碗。"

事到如今,阿法也豁出去了,当下点头答应。

法老太担心两百元菜吃不了,就让老头子出去买几只塑料袋。待阿法回来时,菜上来了。冷盆是烤毛豆、盐水萝卜丝、鸡屁股、鸭头颈;三热炒为咸菜干丝、炒螺蛳、臭豆腐;两道点心是一碗鸡鸭血汤、三只刀切小馒头。说是家常菜,倒也没掺假,问题是数量真正少得可怜。一套家常菜系列,还不够毛头一个人吃的,菜已经上完了,可怜的毛头还在眼巴巴地盼着吃红烧肉呢。

一顿饭吃下来,阿法夫妇大呼上当,后悔莫及,等服务员送上账单一看,更是眼睛发黑。不得了,餐费两百元不算,还得加上伊甸园包房费四十元,空调费二十元,茶道小吃费四十元,引进式下跪服务费两百元,总计刚好是整数五百元。

阿法看着账单发呆。在他看来,今天天气不冷不热,开空调完全是多余的;这包房内布置得阴森怕人,不如大厅内光亮透气;那茶道不值一元钱;下跪服务费越发收得荒唐,看在眼里都恶心。

阿法把这些意思向服务员说了,原以为能得到她的同情,没想到刚才还温柔无比的她突然变成了白骨精,杏眼圆睁,柳眉倒竖,恶狠狠地说:"这饭店是你们自己走进来的,现在吃了东西想赖账?没门!"

法老太见这服务员一边说一边双手乱舞,她怕阿法吃亏,忙息事宁人地说:"算了,算了,五百就五百。"

阿法不肯,他放开喉咙叫:"吃进去的我们可以付钱,你们那些乱七八糟的附加费,我们不付!"

"老家伙,你真想赖账?走,上保卫科……"这服务员撒起泼来,上前一把扭住阿法不放。

法老太哪见过这种架势,又气又怕,浑身发抖,连上去劝架的力气都没有了，毛头吓得直哭。

吵闹声惊动了外面的顾客，大家都跑进来瞧热闹。法老太吓傻了，害怕会出事，忙把阿法那五百元奖金丢在桌子上，拖过阿法和毛头含恨离去。

法老太受此刺激，悲愤交加，深感晚景凄凉，忍不住边走边把原先准备吃红烧肉自杀的事讲了出来。阿法听了，身子一阵哆嗦，落下几滴老泪："唉，要我陪你去死，我眼都不眨一下，可毛头年纪还小，他的路还长呢，拉他同去，怎么对得起我们的儿子和儿媳？"

两个老人说着说着，家已经到了。奇怪的是他们家此时房门大开，里面挤满了人，有居委会的干部、派出所的干警，还有媒体记者。

这到底是怎么回事呢？原来，法老太把有毒的红烧肉倒进垃圾筒以后，邻居有两条大黄狗跟着进去，吃了肉很快就被毒死了，这事引起了邻居们的警觉。有人亲眼看到红烧肉是法老太倒的，随后又见他们一家匆忙离家外出，恐怕这里会出什么事，于是他们立即向派出所报了案。民警会同居委会干部破门而入，在枕头底下找到了法老太写的自杀遗书，正当决定分散出去寻找时，阿法他们回来了。

不久，这件事被记者在报上报道了出来，在社会上引起很大的震动，各方面的慰问信、慰问金如雪片般飞来，特别是"发灵"牌肥皂粉厂老板，经商意识最浓，亲自上门送来毛头今后的学费三万元。

人间的春风已经吹进了阿法家的大门，他们的生命是能保住了，生活也得到了改善，但是尚有很多不知名的诸如阿法这样的家庭，是不是也该大家来拉一把呢？

（夏文寿）

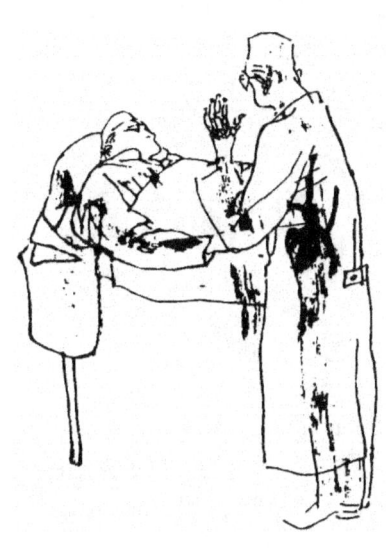

廿年后的哭声

　　桃园村，有"刘"、"关"、"张"三大姓。"文化大革命"中闹派性，三姓人都干了些辱没祖宗的事。生产队里现金保管一职，就落在了唯一的"赵"姓赵黑娃身上。

　　按说赵黑娃不识几个字是不能当保管的，可他为人耿直，不贪财，三姓人都相信他。

　　黑娃当保管不久的一个早晨，黑娃娘先起了床，走进堂屋，不由眼睛一亮，又惊又喜地喊道："财气——五分钱！"

　　黑娃住在东屋，一听见娘的喊声，"呼"地跳下床，光着膀子就冲进堂屋，劈手从娘手里夺过那五分钱："我的！"

　　娘很恼火，反手又把钱夺过去："咋见得是你的？"

　　黑娃振振有词："我当着现金保管，咱家里只有我有钱！"

娘也不示弱："可我昨天卖了一篮子鸡蛋,我也有钱!"

黑娃冷笑："就你那仨桃俩枣,还会掉地上? 反正这钱肯定是我的,不,队里的!"

娘吵不过儿子,只有死攥着五分钱不放。可到底还是儿子劲大,硬是把娘手里的五分钱夺了去。

大清早的,娘儿俩一吵,就引来一些人看热闹。黑娃娘又羞又委屈,哭一阵、骂一阵犹不解恨,竟悄悄进屋上了吊。

本来相依为命的母子俩,现在娘抬脚先走了,撇下黑娃好可怜。可黑娃觉得娘太自私,心里窝着一股气,脸上竟没一丝悲哀,从发送到下葬,硬是没掉一滴泪。

一晃二十年过去了,生产队已改为村民小组,村里的干部走马灯似的换了一茬又一茬,唯有黑娃在现金保管的位子上,一坐就是二十年,直到病得下不了床,也没有人提出撤换他。

倒是黑娃自觉,眼见日子不多了,打发人喊来组织干部和刘关张三姓代表,主动要求辞职。

黑姓真是条汉子,临死照样耿直:"趁我还有一口气,你们清清账。多了归大伙,少了拿我这家产抵上。"

大伙看他孤老头子一个,都不忍心动手。

黑娃高低不依:"你们让我闭眼吧!"

没办法,只好清账。

赵黑娃当了二十年保管,没箱子没柜子,全部财产家当就是两个大坛子,分别装收入、支出两类票据。

一个农村小组的账,理起来也容易,很快就有了结果。

黑娃眼睛瞪得像牛铃:"咋样?"

组长说:"收支基本相符,就是多出五分钱。"

黑娃愣了半天,突然想起二十年前死去的娘,大哭一声:"娘——"喷出一口鲜血,顿时气绝身亡。

(曲范杰)

沙漠悲歌

　　明月光今年二十八岁,在中学当体育教师。他业余喜爱玩信鸽,有一套训练良种信鸽的秘诀,经他亲手调教的信鸽,先后夺得过一千公里、一千五百公里、两千公里放飞的冠军,人送外号"鸽王"。这不,他去年训练出的一只"青毛",今年上半年在酒泉至南京的放飞比赛中,以比第二名领先二十八个小时的优异成绩,力挫群雄,勇夺魁首。

　　这回是秋季大赛,赛程为新疆阿克苏至江苏南京。明月光信心十足,青毛绝对有把握"打遍天下无敌手"。

　　岂料事与愿违,参赛的鸽子全部飞回,连最后一名都到家三天了,青毛却杳无踪影。想想夺冠无望事小,费尽心血训练出来的这只良种信鸽,十有八九已成为鹰隼之类猛禽的腹中美餐,明月光心里好不伤心。

又过了三天，还不见青毛踪影，明月光已经彻底绝望了，谁知它却意外地突然飞了回来，全身羽毛零乱，伤痕斑斑，一直飞到明月光面前，扇翅弹爪，咕咕叫唤。明月光定睛细瞧，只见它的腿脖子上用细布条扎着一圈花纸。真是个有灵性的小东西，它在叫主人赶快取下纸条哩！

明月光心疼地把青毛拥进怀里，好奇地解开布条，取下纸片，展平，原来是一张香烟壳子，背面密密麻麻写满小字："鸽子的主人：我们是石油部地球物理勘探局下属勘探队的两名职工和一名司机。我们在从勘探地点运送重要资料去乌鲁木齐的沙漠公路上，突遇强沙暴，冷藏车被龙卷风远远旋离公路，油箱撞瘪，汽油漏光，深埋沙中。幸运的是我们不仅奇迹般地安然无恙，而且这只被沙暴击伤的鸽子正落在我们身旁。我们救治了它，它也陪伴了我们整整七天，伤势基本痊愈，并熟悉了这里的环境。因车上的无线电通讯设备全部损坏，我们无法与上级联系，只得把获救的希望寄托在这只鸽子身上。我们虽被狼群包围，但有武器自卫，暂时也不缺食物和饮水，能坚持一段时间。因要保护重要科研资料，又不明所处的位置，故不敢轻易突围。如果鸽子能安全返回，务请帮忙打下列电话联系，万分感谢。"落款："王藻、于双和、刘池。"

明月光从没有去过沙漠，他实在难以想象什么样的风暴竟然能把冷藏车都旋飞起来，不会是有人恶作剧，跟我开国际玩笑吧？明月光疑惑地看了青毛一眼，只见青毛伸长脖颈对着他"咕咕"叫个不停。他暗暗思忖：既然有号码，不妨打个电话试试看。

电话一拨通，那头真是地球物理勘探局。一听说这件事，对方声音就急促起来，请明月光立即把纸条上的话一字一句重念一遍，并做了记录。他们告诉明月光，勘探局已经派直升飞机在沙漠里搜寻许多天了，一直未能找到那辆冷藏车的下落。青毛带回的消息真是太重要了！

临了，他们留下了明月光的地址和电话。一个小时以后，勘探局南京办事处的同志就开了小车到学校来接他，要他带着青毛立即一起前往乌鲁木齐。原来，勘探队三位同志的失踪牵动着部局领导的心，部局指示，要不惜一切代价找到他们。考虑鸽子有定向认位的特殊能力，青毛在那儿毕竟生活了七天，到时候说不定会帮上大忙。明月光做梦也没想到自己玩鸽子还能有为国家效力的一天，他拍拍青毛，叮嘱道："老伙计，这回你可要卖卖力，给我脸上争光啊！"

南京到乌鲁木齐，用不了多少时间。在机上与勘探局同志闲谈中，明月光才弄清楚，原来勘探队在塔里木腹地探出一个蕴藏丰富的油气田，岩层里还富含金矿。他们把分析岩芯所得的各种数据、图片资料全部拷入计算机软盘，正巧来给他们送给养的冷藏车要返回乌鲁木齐，队里就派两个技术员把软盘和一部分重要岩芯样本送回总部，以便做进一步的测试鉴定。没曾想，运送途中出了事故。

沙漠遇险，凶多吉少，明月光深感自己责任重大。第二天，他带着青毛，随勘探局同志登上救援直升飞机。营救人员根据冷藏车离队后三夜两天才出事的行程推算，在相应的沙漠公路附近方圆二十公里范围内，先后降落五次，每次明月光将青毛放飞，可是它在天上转了几圈就又飞回来了，显然它没找到冷藏车的位置。

明月光沉思着，对勘探局同志说："我相信青毛，请扩大搜索范围。"于是直升飞机又升空，把搜索半径扩大到五十公里。北、西、南三个方位各降落一次，仍一无所获。飞到东边时，青毛在飞机上就显得烦躁不安，飞机刚落地，它"呼啦"一下就展翅直往东飞，十分钟后它飞了回来，咕咕直叫。

所有人的心立刻抽紧了。直升飞机再次升空，往东缓缓飞行，直至越过一个大沙丘，啊，地上片片白骨，降落后一看，全是狼的骨头。很显然，这里正是野狼围攻冷藏车的地方，可奇怪的是只见遍地白骨，不见一张狼皮。这些野狼若是被车里的人开枪打死，又被同伙吞噬了血肉，皮总该还在吧。为何不见毛皮？冷藏车又在哪里？

青毛展翅又向前飞了几十公尺，落在一个沙堆上，大家跟过去细寻，终于发现冷藏车完全被埋进了沙堆里。

众人七手八脚扒开浮沙，露出了冷藏车的骨架。整辆车子像在盐酸里浸过，只有底板以下，因深嵌沙里，还算完整，车头车厢千疮百孔，如同被无数个蛀虫蛀过一般。车里有三具蛀空的人形白骨。一具白骨倒在一个密码箱旁，密码箱却完好无损，箱子下面扒着一个玻璃瓶子；另两具白骨，四只手掌却皮肉完好。

到底发生了什么事？怎么会出现如此凄惨的怪现象？

明月光茫然不解，可那几位勘探局的营救人员都是沙漠通，看到眼前这副惨景，个个痛心疾首，捶胸顿足："我们来迟了！"

为首的那位打开密码箱，箱里原封未动放着录有地质资料的软盘，软盘上放着几张写满字的香烟纸，纸上记录了王藻、于双和、刘池三位勘探队员遇难的情况。

原来，王藻他们放飞鸽子后，就躲进了冷藏车厢。他们并不畏惧狼群包围，冷藏车厢壁厚实，狼群奈何不了他们。可后来车里的食物吃完了，狼群还是不散，于是他们便想打狼充饥。可谁知刚打死几只狼，还没等他们出去把死狼抢回来，那些蜂拥而上的狼群就把同类分食光了。他们打死的狼越多，招来的野狼也更多，黑压压一片，专等着你开枪它开饭。王藻他们悟出了其中的奥妙，就不再打枪。狼群捞不到油水，渐渐失去耐心，它们冷藏车厢攻又攻不进，便逐渐走散许多，剩下二十来头冥顽不化的，硬是不走，成天对天长嗥，引诱王藻他们开枪。

王藻他们忍受着饥寒，坚信那只通人性的鸽子一定能搬来救兵。他们满以为鸽子的主人就住在乌鲁木齐,鸽子飞出沙漠很快就能到家,哪里想得到它要飞往南京呐!

又坚持了一天。第二天中午,王藻他们看到坚守的野狼忽然往远处逃去,有两只跑得慢的满地打滚,一会儿工夫不但不动了,而且渐渐露出了白骨。再看地上,一条金黄色的小河直向冷藏车淌来。王藻大呼:"不好,食金蚁!"于双和、刘池也大惊失色。他们都是老沙漠,知道沙漠里有一种金黄色的蚂蚁,不知学名,大家就叫它食金蚁,马蜂一般大小,翅膀退化,爬行迅速,碰到什么吃什么,树根、庄稼、木材,甚至钢铁它都吃,尤其喜欢啃食沙砾中的黄金。它们筑巢在沙漠底层,啃啮岩石像吃豆腐一样。一般它们不到地面上作恶,大约是这次沙暴刚巧把它们巢穴上面的黄沙吹光了,它们又嗅到了血腥味,便洪水一般漫卷过来,豺狼对它们都恐惧万状。

纸上最后写道:"我们三人肯定无法幸存。车内带有一瓶价格昂贵的 AXA 药水,这是食金蚁的克星,但药水太少,阻挡不了大股蚁群。我们三人一致决定,药水用来保护珍贵的资料。王藻把药水涂在密码箱和几块最重要的岩芯样本上。剩下几滴,抹在于双和与刘池的手掌上,让他们暂时抵挡一下攻入车内的可恶蚁群,争取这宝贵的几分钟,让王藻写清这次事件的经过,留给以后的同志借鉴。永别了,祖国,亲人! 我们并未贪生怕死,辱没人格。盼望小鸽子能带领你们找到这批珍贵资料!"

读完纸片,在场的人个个泣不成声。

明月光简直惊呆了,不仅为沙漠里这些闻所未闻的怪物奇事震惊,更被三位烈士不惜性命保护国家重要资料的英雄行为震撼。他觉得自己好像一下子进入了一个完全崭新的境界。回学校以后,他要把这个悲壮的故事告诉同学们,要让他们懂得,无论过去、现在还是将来,一个人最重要的追求应该是什么。

(周振亚)

"神刀"陈长青

天子镇出了一个赫赫有名的剃头匠,名叫陈长青,年近五十。他不仅剃头技艺出众,还能替人按摩。更有趣的是,每当他的剃刀接触到顾客的头发时,便会发出奇妙的音乐。因此,人们不叫他陈师傅,而称他为"神刀"。

神刀虽然身为剃头匠,但很有点学者风度,而且非常爱好音乐,善于弹古筝、拉二胡,还能作曲子,很有点艺术家的水平,可是为了生计,他却只能偶尔为之。打他的独生儿子在卢沟桥事变中丧生,接着老伴又去世以后,每天天一黑,他便什么活也不干,或古筝,或二胡,弹奏他喜欢的《飞流直下》、《世外桃源》、《螃蟹曲》……那悠悠的琴声,如歌如吟,催人泪下。

就这样,他白天剃头、按摩,夜晚弹古筝拉二胡,日复一日,一晃过去了两年多。

一天,一阵枪炮声过后,日军张牙舞爪地杀进了天子镇,杀人放火抢东西,并以此为据点驻扎下来。天子镇一下子变成了人间地狱。神刀的剃头店生意显然清淡了许多,但他照旧天天开门迎客,认认真真地剃头、按摩。一到晚上照旧弹古筝、拉二胡。

半个多月后的一个上午,神刀正在等候顾客来临,突然冲进一个姑娘,"叭"地跪倒在他面前说:"师傅救命"。

神刀一看,啊,这不是卖唱的小姑娘吗?急忙扶起她问道:"你怎么啦?你父亲呢?"

姑娘说:"父亲被鬼子杀了,他们正追我,你救救我吧。"

神刀咬了咬牙,二话不说,便将姑娘拉进里屋藏了起来。

神刀藏好姑娘,刚从里屋出来,就看到一个日本军官带着翻译官和两个卫士,气势汹汹地冲进剃头店来。

那个军官对着神刀叽里呱啦讲了一阵日本话,可神刀一句也听不懂,只是呆呆地站着不动。

翻译官对神刀说:"这位是皇军司令官松井先生,他问你,有没有看见一个姑娘,一个唱曲的姑娘?"

神刀摇摇头说:"没、没见到姑娘。皇军如果想剃头,我倒可以保证他满意。"

一听剃头,翻译官来了劲,连忙叽里咕噜给松井说开了,意思是说,这个剃头匠远近闻名,被称为神刀,他剃起头来,下刀不轻不重,如同挠痒,刀里还会传出音乐,舒服极了。另外,他还会按摩,舒筋活骨……

松井曾经听到过关于神刀的传闻,现在又听翻译官这么一说,胃口吊起来了,于是说了声"要西",便 屁股坐到了转椅上。

两个卫士立即上前,在松井身边一左一右站好,并且抽出了手枪,严加保护。

翻译官拍拍神刀的肩膀说："老伙计,太君要掂量你的手艺啦,你可得多加小心喽,要是惹太君生了气,那就……"

神刀说:"这你就放心吧。"说着,摘去松井的军帽,抖开白布往他胸前一围,又拿起刀往擦布上蹭了几下,然后高高举起,心想,我这一刀下去……

但他并未下刀,只是问道:"想听什么曲子?"

翻译官传话,松井叽咕了一阵。

翻译官说:"只要好听,什么都行。"

"那好。"神刀点点头,紧握剃刀,气沉丹田,只听"嘶——"的一声,松井黑黑的头发当中开出了一道"白白的沟",随即响起了悦耳的音乐声,这声音使松井闭上了双眼……

不多时,音乐声戛然而止,神刀说:"好,头剃均匀了。"

松井似乎并不满足,要神刀再来点音乐。

神刀笑笑说:"可以,是不是先按摩了再听。"

松井点点头,又闭上了双眼。

神刀运足了气,指、掌、拳并用,开始给松井浑身上下进行按摩,时而捏,时而搓,时而拍打,时而挤压,把松井摆弄得迷迷糊糊,舒服得不得了,可是神刀自己却累得大汗淋漓。

按摩完毕,神刀洗了个脸,又动手给松井剃头。

其实这次剃头主要是让松井听音乐。但神刀依然那么认真地紧握剃刀,气沉丹田,一下又一下地让闪亮的剃刀在松井那光溜溜的脑袋上前后左右的游动,旁边两个卫士肌肉紧缩,四只眼睛死死地盯住那把锋利的剃刀。

松井这时却全身放松,眯着双眼,欣赏着从剃刀里发出的音乐。

可是他听着听着,突然大声叫道:"八格呀噜!"并从座椅上一跃而起,指着神刀的鼻子说:"你的大大的坏,辱骂大日本的有! 我的帝国大学的高材生,你放的什么音乐,快快地说!"

面对凶神恶煞般的鬼子兵，神刀不慌不忙地说："告诉你吧，我放的第一支曲子叫《螃蟹曲》，看你横行到几时！第二支曲子叫《大刀进行曲》——大刀向鬼子们的头上砍去……"他说着，竟唱了起来，而且边唱边挥动着手里的剃刀。

松井好不气恼，"唰"地抽出战刀，龇牙咧嘴道："你的死啦死啦的！"手起刀落，热血喷洒。

神刀惨死在松井刀下，可他至死都两眼圆睁，死死地瞪着鬼子兵。

松井似乎觉得此地不可多留，一声"开路开路"，扬长而去。

时隔三天，传出消息，松井突然死去。他全身发紫，七孔流血，连医生都查不出他的死因。

但老百姓心里明白：一定是神刀给他按摩时，在他身上的某个穴位上做了手脚。那可是神仙也没法救的，必死无疑！

（周显雄）

讽喻惊世

旧扫帚,由于使用年代长久,不仅秃得不堪使用,而且还粘附了过多的尘垢。新时代则需要新扫帚。

鹦鹉大赛

　　贾厂长是玩鹦鹉的高手,厂里不少人都跟着他玩,所以两千人的厂子竟有九十八只鹦鹉。这天,厂部决定在元旦举办一次鹦鹉大赛。

　　贾厂长在赛前提了一条建议。他说:"鹦鹉参赛必须讲一句爱厂敬业的话,不少于八个字。定这条规则的理由是:一可以寓教于乐,增强全厂职工凝聚力;二是让各家鹦鹉放下各家'绝活',平等竞争,才见难度,才见主人突击调教鸟儿的硬功夫。"大家听了,一致赞成,都觉得贾厂长这话有道理。

　　比赛那天,场内气氛热烈,笑声不断,因为有的鹦鹉一怯场,忘记了新台词,又说起主人教的老话来,什么"怕老婆,有饭吃"、"三缺一,小来来",什么"吃光用光,身体健康"、"男人不坏,女人不爱"等等等等,全都冒了出来。

　　大老李调教鹦鹉的道行,不比贾厂长差,本来是厂长夺魁的强劲对手,但到底是九十八只鹦鹉比拼的大场面,那鹦鹉在场上也慌了神,竟然清脆嘹亮地说道:"厂兴我耻! 厂衰我荣!"被喝了倒彩。鹦鹉见众人笑它,竟嘎啦嘣脆地骂了一句"他妈的",这是大老李的口头禅,满场人听了禁不住一阵哄笑。

　　最后的选手是贾厂长,他带着他的鹦鹉不紧不慢地上了台。那鹦鹉摇头摆尾,傲气十足,甚至开口前还学贾厂长作报告前清嗓子的声音。众人一阵大笑,厂长用食指抵住唇前,示意大家肃静。只听鹦鹉琅琅吟诵道:"鞠躬尽瘁,两袖清风!"话音刚落,台下齐声喝彩:"好!"

　　有些人赛前听说厂长的鹦鹉早已内定为"冠军",心中颇有不平,现在不觉心服口服:这鹦鹉就是不寻常,开口字正腔圆,高贵潇洒!

　　比赛结束,工会赵主席宣布冠军得主,并请贾厂长带着他的鹦鹉上台领奖。当赵主席将红纸包着的奖金递给贾厂长时,只听那鹦鹉扑翅大叫:"不要送礼嘛! 不要送礼嘛!"这叫声里还带着贾厂长的乡音,全场人听了大笑。赵主席在一旁不失时机地"画龙点睛":"从鹦鹉的这个自然表现,我们可以看到厂长的一身正气!"

　　贾厂长笑吟吟地接过纸包。谁知此时,那鹦鹉却怪腔怪调地又说了一句:"那好,下不为例啊!"

　　那声音,还是贾厂长的乡音! 不过这次,台下一片沉默。

(佚　名)

监视

  李财家住市郊,自小父母双亡。因他好吃懒做,所以至今还是住着那两间小破房。这些年,眼睁睁地看着别人都发了,成了几万元户、几十万元户,他做梦都眼红,他太向往那种灯红酒绿的生活了,可是缺少的就是一个字:钱。没钱寸步难行啊!

  这天,正当他想象着如何到歌厅、舞厅去过瘾的时候,忽然听到院门"吱呕"一声响,有人来了。李财躺在床上懒得动,直到那人推门进了屋,他一见,是个不认识的男人,这才从床上坐起来问:"你找谁?"

  那人并不搭话,毫不客气地一屁股坐在椅子上,说:"就找你!"

  李财瞥了一眼这个身穿高档西服、眼戴深色镜、嘴角有块小疤的人,心里"咯噔"一下:"你找我? 有啥事?"

那人站起来,慢条斯理地说:"我有点小事,想请你帮忙……"

"我能帮你啥忙呢?"

那人以十分信任的口吻说:"因为听说你脑子灵、鬼点子多,所以才来……登门拜访。"

看这个不速之客,既不像黑道上的,但也不像正道上的,李财一时难以猜透,又不敢怠慢。他一骨碌跳下床,趿拉着鞋走过去,从兜里掏出烟来递给他。但那人并不接,而是掏出自己的外国烟来,递给李财一支,又把自己一支点燃,猛吸一口,眼瞅着李财。

不管怎么说,李财刚才听了对方那几句恭维话,不禁有些飘飘然:"你过奖了。不过,我在外边跑得多,也就见得多、听得多、经得多,这倒也是事实。"

"嗯,要不,我怎么能来找你呢!"

李财进一步试探说:"你找我,究竟有什么事呢?"

那人严肃起来:"这事对你可能没什么,但对我来说很重要。"

李财思忖:这个混蛋还卖关子! 但嘴上说:"你就直说吧,只要我能办到的,一定为朋友两肋插刀!"

"嗯,痛快! 其实,我只是请你帮忙监视一个人,但不能让任何人发觉。"

李财笑了笑,看着那人说:"这也的确不算难,但你让我监视他什么呢?"

那人拍拍李财的肩膀说:"很简单。我已在他住处对面的旅馆里给你订妥了房间,你从窗户里监视他家那扇蓝漆大铁门,只要他一出现,也就是说或进去或出来,你就马上给我打个电话,咱们的合作就算成功了。但你必须记住,在你未发现他之前,绝不能给我打电话。"

李财一听，小眼珠儿转了几下，说："这很好办。不过……"

"不过什么？报酬我已给你准备好了。"那人说着，从兜里掏出一沓钱、被监视者的照片，还有旅馆房间的钥匙以及他自己的电话号码，一并递给李财，说："我先给你六百元，按三天算，每天两百元。我想你一定不会推辞的。三天若还没动静，报酬按天再多加一倍。"

这真是一件赚钱的美差呀，别说是三天，是三年才好哪。不过，这个家伙到底想干什么呢？李财将钱揣进怀里，看看对方那张照片，不由问道："你花这么多钱让我盯着他，到底是为了什么呀？"

那人板起面孔说："由于某种缘故，我不便向你说明，否则，我早就在大街上公开招标了！"

既然这样，李财只好说："那好吧，我一定按你说的去做。"

那人又一次强调："你一定要记住，从今天下午三点开始，要昼夜守候监视。否则，你稍有疏忽，会误我大事的。"

李财拍拍胸脯保证说："你放心，保证万无一失！"

那人这才起身告辞。

从下午三点开始，李财便按着那人指点，在旅馆三楼房间里，隔着窗户开始监视起来。正对面，果然是两扇蓝漆的大铁门，这家是两层楼房，独门独院，虽然算不上十分豪华，但也不像一般人家。李财心里捉摸着：那人与这家是什么关系呢？与照片上的这个人又是什么关系呢？他不惜花费每天两百元的代价来雇我监视，到底是何用意呢？他百思不得其解。咳，既然他出了钱，管他呢！李财懒得动什么脑子，于是就在窗前的小桌旁坐了下来。

他瞥了一眼拿在手里的照片。照片上的这个人很容易认出来，因为他长得额头前突，下颌翘起，牛眼微眯，阔嘴紧绷，狮子鼻朝天,一脸的横肉,简直像刚从地狱里爬出来的魔鬼。

这家伙是干什么的呢?李财一边摆弄着照片,一边又胡思乱想开了。看这副凶样,八成是黑道上的家伙,刚从监狱里逃出来,我招惹这样的人行吗?也许那人与这家伙是同伙,在等他回来一块儿干什么大事?不,不对,那还让我暗暗地监视他干什么?也许那人与这家伙有仇,知道他外出快回来或从监狱里逃出来了,一旦发现他,就要杀他什么的。可也不对呀,假如他从那门里出来了,我赶紧给那人打电话,等到打完电话那人赶来时,那家伙恐怕早就跑得无影无踪了。也许……李财想得头都疼了。嗨,收人钱财,替人消灾,其他一切管那么多做什么?我只管按照那人说的,在这里悄悄地监视着好了。

"咚咚咚"有人敲门,李财走过去开门一看,原来是服务员小姐,微笑着问:"先生,你喝饮料吗?"

李财有些不耐烦地说:"你拿两瓶来好啦!"

她出去了,好半天,才把饮料送来。临走,李财关照说:"我不打电话喊你们,请不要来打扰我!"她答应一声,笑嘻嘻地走了。

一个下午,那扇蓝漆大铁门里有进去的有出来的,李财就是没有发现那照片上的人。晚饭前,服务员小姐又来了,问他是餐厅里去吃饭,还是把饭菜给他送来。他一听,嘿,想不到这里的服务水准还真可以,自然就让她把饭菜送来喽。

吃过晚饭,天色渐渐地就黑了,还好,这家门口正好有盏路灯,进出的人还能看清。他一边慢慢地吸着烟,一边紧盯着那门口,直到这时,他才感觉到这差事并不轻松。这还不算,随着时间越来越晚,问题也就出来了。他累了,也困了,不能一夜不睡觉,干巴巴地在这里监视着呀!可是自己忘了问,那人也没说,到睡觉时怎么办呢?起初,他用吸烟来驱赶瞌睡虫,后来实在支持不住了,就趴在了桌子上。因为他想,在这儿睡,就是那人半夜里来察看,自己也好有话说。但第二天早晨他醒来时发现,自己已经躺在了床上,也闹不清是什么时候爬上去的。

这时,那个服务员小姐在外头敲了敲门,柔声问:"先生,把饭菜给您送来吗?"

李财一边从床上爬起来,一边赶忙说:"行,行,送来,送来。"

第二天,李财一直监视着大铁门,但还是没发现那照片上的人。他虽然一贯很懒,但对这差事却破天荒地不敢疏忽。因为他认为,如果那人是黑道上的,就一定神通广大,心狠手毒,自己拿了人家的钱,如果又在答应了人家的事上出差错,那人家决不会饶过自己的,所以,他不敢离开房间半步,一直都守在窗前。不过,好在那个服务员小姐态度很好,又是给送水,又是给送饭,还不时来问是否还需要其他服务,这在精神上多少给了他一些安慰。

但整整三天过去了,照片上的那个人却一直没有出现。怎么办?李财疲惫地坐在房间的沙发上想着:是回家还是继续监视?记得对方说过,三天之后,报酬就多给一倍,那每天不就四百元收入了吗?一想到钱,李财顿时又来精神了,这样的美差哪里去找呀,干!不过,要干下去,也要他先付给钱才行。否则,既不知他叫啥,又不知他是干什么的,若再在这里苦守几天,找不着他,岂不坑了我?虽然他说在未发现照片上的人之前,绝对不要给他打电话,但这电话我还得打,我李财长这么大,还从来没上过别人的当呢!

他拨通了那天那人给他的电话号码,谁知,话筒里却传来一个女人的声音:"喂,你找谁呀?"

他一时语塞了:"我、我……找……"

他根本不知道那人叫什么,于是赶紧改口说:"我才认识一个男的,他说有事可以打这个电话找他……"

只听那女的理解似的说:"噢,原来是这样。我是今天才住进来的,先前住的人是走还是没走,我就不清楚了。要问,你问登记室就知道了。"

李财一听,赶紧问这是什么地方,那女人告诉他是旅馆。李财心里一"咯噔",赶紧让接服务总台,一问,服务员说,那人前天就已经结账走了。

李财拿着话筒,正在呆呆地纳闷,那个服务员小姐进来了。她现在突然换了副面孔,对他不屑一顾地说:"先生,你的预付款已经到期了,你是继续住还是要走?"

李财脱口而出:"他走了,我也当然要走啦!"

服务员小姐冷冷地说:"你走了,我的任务也就完成了。"

"你的任务?什么任务?"

"啊,为你服务啊。"

李财眼珠滴溜直转,感觉到她是有所指的,便追问说:"请你说实话。你、你是不是同那人一伙的?"

她微微一笑,说:"你说呢?"说着,她便伸出两个白皙的手指。

机灵的李财立刻就明白了:"二十?"

她笑而不答。

"怎么?要两百元?"

她这才点了一下头。经过讨价还价,他当场点给了她一百元。于是她便告诉他,那天来了一个嘴角有块小疤的男人,请她监视这房间里的客人,只要客人一离开房间,就马上打电话通知他。期限是三天,报酬是两百元。

这可真叫丈二和尚摸不着头脑了。李财直到出了旅馆的大门,他还在想:那家伙他妈的到底玩的什么鬼花样呢?让我监视那照片上的人,却又暗里让那女服务员监视我?那照片上的人一直未出现,他却先走人了,他到底想干什么呢?李财走不多远忽又站住了:对,我何不去那蓝漆大铁门家打探一下呢?于是他来到他这三天来一直监视着的那家门口,敲开门一问,那家人说,根本就不认识这相片上的人。再问是否认识一个嘴角上有块小疤的人,回答仍然是根本不认识。

一路上,李财左思右想,怎么也猜不透这是怎么回事。然而,他一回到家里,顿时一切都明白了:自己两间小破屋里被翻得乱七八糟。他突然像疯了一般钻进床底下,一摸,墙洞里面的东西不见了,顿时就傻了。

原来有一天,那个嘴角有块小疤的人在半夜到一家人屋里偷一个价值几万元的小花瓶,明明事先踩好点的,去偷时却发现警察正好在他们家勘察现场,原来是那家主人到公安局报的案,说是前天晚上他们那祖传古花瓶丢了。是谁先他之前偷走了呢?于是他就想到他在踩道儿时曾遇见过一个三十来岁的小瘦个,便断定小瘦个也是在踩道,夜里偷走小花瓶的肯定是他。过了几天,他在集市上转悠时,竟意外地发现了那个小瘦个,于是便跟着认准了小瘦个的住处。这小瘦个便是李财。

为了能尽快顺利地找到和偷走那个古花瓶,他当天中午就到市里的另一头预订了一家旅馆的房间,并买通了女服务员。这样就有了故事开头的一幕。至于那张照片,是他在垃圾箱里正巧捡到的,等到李财一去那家旅馆,他的一个同伙就在离李财家不远的一家旅馆守着电话,而他就钻进了李财那两间小破房。

李财这时虽然连呼上当,但也只能打落牙齿往肚里吞呀!

(赵　宁)

狗尾巴的故事

　　宏桥乡新调来个姓刁的乡长。因为他一贯来工作作风大刀阔斧,处理问题快刀斩乱麻,连平时讲话也常常刀光剑影,所以大伙把"刁"喊成"刀",干脆叫他刀乡长。

　　刀乡长三十多岁,血气方刚,事业心很强。他知道,来到这人生地不熟的宏桥乡,开头一刀很重要,就像剧团里主角演员上台第一个亮相动作一样,关系到今后的声望、威信和前途。可这第一刀往哪里下呢?

　　真叫无巧不成书,他正愁往哪里开第一刀时,文书送来了一份红头文件,他接过一看,关于"狗"的事。他顿时灵机一动,决定下乡调查了解一番。

　　说走就走,他跨上自行车,首先来到大树村。这小山村,风景秀丽,小桥流水,绿树成荫。刀乡长在村口一座大院门口架好车子,一脚跨进院子。

突然"汪汪汪"一阵狗叫声,从里面冲出来一只大黄狗,挡住了他的去路。刀乡长心想:哟,正要找你,你倒自动来了。他顺手从墙边拾起一把柴刀,高高举起,说道:"你再叫我就宰了你!"谁知这条狗也是不怕死的,见了刀不但不退,反而龇牙咧嘴地向他展开了进攻。

刀乡长有点恼火:"不给你点颜色看看,你就不知道刀的厉害!"于是一个箭步上去,要抓狗的脖子,哪知一把捋去,脖子没抓住,抓住了狗尾巴。这下狗也急了,出于自卫,掉过头来往他腿上就是一口。

刀乡长"啊哟"一声,顺手一刀劈下去,正好落在狗屁股上,将狗尾巴斩落在地。大黄狗疼得一阵狂叫,逃进屋里去了。刀乡长捋起裤腿一看,糟糕!两个深深的狗牙痕正往外渗血。他立即跨上自行车,直奔医院而去。

刀乡长从医院回到乡政府,叫来文书,让他拿出那份红头文件,又仔细看了一遍,然后一拍桌子,拔出钢笔,"刷刷刷"划了张表,上写"养狗情况普查表",栏目有:村名、户数、人口数、咬过人的狗数、被狗咬的人(次)数、备注。他将表交给文书,要他在三天之内统计好,数字要准确。

文书立即刻印分发,接着又是催交、综合,足足忙了三天,才完成任务交了差。刀乡长看过统计表,当即下了个通知:明天上午八点钟,召开村长紧急会议。

大概村长们对新来的刀乡长的工作作风已有风闻,所以一反以往拖拖拉拉的作风,第二天离八点还差一刻,十个村长全到齐了。

刀乡长宣布开会,他说:"今天开个村长会议,主要研究一下狗的问题。我统计了一下,全乡一万七千人,一共养了一千一百三十六只狗,平均十五人就有一只。养这么多狗究竟对'四化'

建设有什么好处？狗要吃，浪费粮食；狗随地大小便，这就污染环境；狗要叫，到处'汪汪汪'，增加噪音；狗要打架，在地里打，损坏庄稼，在家里打，会掀掉桌子打破缸；狗还咬人，危害人们身心健康。特别应该指出的是，狗会传染疾病。"他顺手拿起那红头文件晃了晃，"喏，这是上级发来的文件，要我们立即行动起来，消灭狂犬病。什么是狂犬病？那是非常可怕的急性传染病，狗得了这种病就像发疯一样，见人就咬，谁被狂犬咬着就和狗一样见人就咬。前几天我去大树村就被狗咬了一口，幸亏这只狗不是狂犬，要是狂犬的话，我不变成狗了吗？我如果得了狂犬病，今天非咬你们不可，那你们也都变成狗回去咬村里人……嗨！那可不是闹着玩的，后果不堪设想！我们都是共产党的干部，要关心人民群众的身心健康。所以，对上级的指示必须坚决执行，立即行动起来，把狗统统杀光，使宏桥乡成为全县第一个无狗的先进典型！"刀乡长拳头一挥，结束了他的动员报告。

村长们听完刀乡长这番话，一个个都呆住了，你看看我，我望望你，谁也不说话。

就在这时，从门外闯进一个白发老太太，只见她一手拄着拐杖，一手捏着个纸包，进门问道："哪个是刀乡长？"

刀乡长说："我就是，你有啥事？"

老太太朝刀乡长看看，然后解开纸包，亮出了一条狗尾巴："你是乡长，为啥趁我不在家的时候，把我家那只狗的尾巴砍掉？过去'四人帮'割资本主义尾巴，你这个乡长又来割狗尾巴！我问你，这狗尾巴究竟犯的什么法？"

刀乡长这才明白了老太太的来意，心想，我们正在研究狗的问题，你来凑什么热闹？于是没好气地说："它咬了我一口，你说犯什么法？"

"你不要诬赖，我这只狗养了十年了，从没有咬过人。不信，你到我们村里去调查。谁都知道我那只狗见了人就摇尾巴,我只要唤它一声,它就跑到我身边,那条尾巴摇啊摇啊,多亲热! 可你偏偏把它斩掉,以后叫它摇什么? 我不管你乡长不乡长,你得赔我的狗尾巴!"老太太说着说着,竟哭了起来。

这可把刀乡长弄得火冒三丈。暗想:赔你的狗尾巴? 哼! 我还要杀你的狗呐。他挥挥手说:"你先回去,我们正开会呢,明天叫你们村长来处理。"

几个村长连忙上去连劝带哄,总算把老太太打发走了。

经老太太刚才那么一搅,倒把会议气氛搞活了。大树村村长金阿祥说:"刀乡长,我提个意见你看行不行? 一下子把狗杀光,恐怕操之过急,也很难办,是不是分两步走,第一步先杀有狂犬病的狗。"

其他村长正想表示赞成,刀乡长却把他挡了回去:"这办法行得通吗? 你知道哪只狗有狂犬病? 是不是把全乡一千多只狗全送医院,先挂号,再透视,而后验血? 还要不要做肝功能、心电图? 不行的! 再说,这只狗今天检查没病,谁能担保明天不得病? 而且这样很容易有漏洞,那些习惯于走后门的人就会乘虚而入。所以,我觉得,要干就来个彻底的,管他病狗、好狗、善狗、恶狗、看家狗还是哈巴狗,一刀下去,斩草除根!"

"哎呀,乡长,你讲讲容易,做起来难啊!"

"这有什么难的? 回去先动员,把道理讲清楚,让大家自己动手杀,要是不自觉,就在村民规约里加一条,同时成立个打狗队,采取强制的手段,见狗就杀!"

乡长话音一落,站起来一个年轻小伙子,说道:"我叫罗小华,是青山村的村长,要说养狗,全乡恐怕数我们村最多。过去,有人骂我们是恶狗村,野兽、小偷、流氓都不敢进村,连'文革'时那帮'点火队'都不敢到我们青山村去点火。因为狗多,所以每年冬天,到我们村买狗肉吃的人也就络绎不绝,他们称青山村为狗肉之乡。所以养狗也就成了青山人的传统副业。但是刀乡长刚才说了,狗有六大罪行,都是我们没有意识到的。如今上级有红头文件,要我们消灭狗,我们绝不犹豫,坚决执行。不管困难多大,我保证三天之内完成刀乡长交给的任务!"

罗村长这一表态,把那些想叫困难的村长们的嘴全都贴上膏药,封得严严实实。刀乡长高兴地说:"好,这才是八十年代的干部作风。我们要以青山村为榜样,一星期之内完成。谁第一个完成,我就奖励谁;哪个村拖后腿,照罚不误。就这样,散会。"

村长紧急会议结束后,杀狗成了宏桥乡压倒一切的中心工作。小镇上的狗肉充斥市场,价格大跌,弄得卖猪肉的都改行卖狗肉了。

可在这轰轰烈烈的杀狗运动中,大树村村长金阿祥却苦了,他大会开了开小会,还到每家每户去动员,规定也下了,告示也出了,打狗队也成立了,整整忙活了两天两夜,可是别说杀狗,连狗毛也拔不掉一根。这是什么原因呢?问题就出在被刀乡长砍掉尾巴的那家老太太身上。

这位老太太可不是一般的农村老太婆。她有个儿子在县委组织部当部长。前些年,她儿子得了胃病,久治不愈,后来听说小奶狗能治胃病,老太太就弄了只给儿子吃,果然把病给吃好了。从此,老太太就弄了只母狗,每年生一窝小狗,这些小狗全都给儿子食用。老太太养狗为儿子,几年下来,和狗建立了深厚的感情。有一次,老太太到池塘洗菜,不小心掉进了塘里,当时四周没有一个人影,眼看就要归天,幸亏大黄狗正在塘边,它见主人落水,就毫不犹豫地跳进水里,老太太一把抓住它的尾巴,被它拖上岸来。这样的救命之恩,老太太怎能忘记?那天她出门回来,发现狗尾巴被砍了,抱着狗大哭了一场。现在还要动员她杀狗,做梦!杀她的头也不肯!

可是她这只狗不杀,其他的狗就别想去动。这可把金阿祥弄得束手无策,只得到乡政府去讨救兵。

　　金阿祥把情况详详细细向刀乡长作了汇报,刀乡长也呆住了。心想:糟糕,我这第一刀竟砍到组织部长家里去啦,唉!

　　正在这时,门外跑进来青山村村长小罗,他肩挑一担东西,前边两只狗腿,后边一只胖鼓鼓的麻袋,进门就说:"刀乡长,我们青山村的狗全杀光啦,这两只狗腿给你们乡干部尝尝鲜。"

　　刀乡长眼睛一亮,脱口问道:"真的?"

　　"在你刀乡长面前,哪敢弄虚作假,不信你看。"小罗说着拎起麻袋,"哗"一下倒出一大堆狗尾巴,"以狗尾巴为证,请你点点数,你要再不信,请你到我们村去实地考察,要是找出一只狗来,你撤我的职!"

　　刀乡长对金阿祥说:"看见了吗? 人家干得多漂亮!"

　　金阿祥哭丧着脸说:"乡长,那老太太,我好话说了千千万,就差给她下跪磕头了。只要你能帮忙把这个钉子拔掉,其他的交给我,要是剩下一只狗,由你怎么处理!"

　　刀乡长眉头一皱,拎起电话听筒,电话接通,他和组织部长对起话来了。他将狗的事情详详细细作了汇报,最后请示,他家那只狗如何处理。

　　组织部长听完哈哈大笑,说道:"你是一乡之长,我妈是你管辖下的公民,一只狗嘛,杀还是留,你看着办就是了嘛!"说完,"啪"搁了电话。

　　刀乡长放下电话想:"你看着办"这是啥意思? 不过他牙一咬,说道:"公事公办,不要说组织部长的娘,省委书记的爹也不行! 老金啊,你给我带三十元钱给老太太,就说是我赔她狗尾巴的钱,但你告诉她,狗是一定要杀的。为了革命,很多人大义灭亲,她作为组织部长的母亲,应该服从大局,大义灭狗! 我先到青山村去看看,回头就到你们大树村来。小罗,我先走啦。"刀乡长说完,跨上自行车,飞一样向青山村骑去。

　　刀乡长在青山村前前后后转了一圈,确实不见狗的影子。

他想:他们会不会把狗藏起来呢? 为了探听虚实,他躲进村后山坡上的树林里,像口技演员一样,"汪汪汪、汪汪汪"地装起了狗叫,他想以假乱真,引出真的狗叫。哪知狗叫倒没引出来,却引出一群人来,有的拿绳子,有的拿棍子,一齐往山坡上冲来,吓得刀乡长连忙逃下山来,骑上自行车,放心地去大树村拔钉子去了。

他到大树村一看,形势大好,很多人在杀狗。他找到金阿祥,问道:"问题解决啦?"

老金笑笑说:"嗯,好得你那一刀,老太婆那只狗今天死啦,她不忍心拿来吃,叫人弄去葬掉了。"

"钱给她啦?"

"给了。"

"你再做做工作,安慰安慰,你告诉她,我们也是执行上级命令,请她老人家谅解。"

就这样,刀乡长像救火一样,到处奔波,连老婆生孩子都没回去看看。经过几天努力,终于将全乡的狗全部杀光。

这天,刀乡长正在写总结:宏桥乡是怎样成为无狗乡的。突然,一辆小车开进了乡政府大院,从车上走下两个人来。

刀乡长一看,其中一个正是自己的顶头上司杨县长,急忙跑出去将他们迎进会客室。

杨县长说:"听说你改姓刀了是吗? 你这位刀乡长不能举刀乱砍哟,要刀下留情,对吗?"

"对对对。"

"对了,我介绍一下,这位是迎宾楼宾馆的经理老张同志。时间也不早了,你是不是先给我们解决一下肠胃问题吧,我看简单一点,听说你们这里狗肉很多很便宜,是不是弄点狗肉来吃?"

刀乡长不禁"咯噔"一下,但他记起来了,小罗送来那两只狗腿只吃了一只,连忙说:"行,行。"

可是跑到食堂里一问，那只狗腿，昨天晚上副乡长奖给联防队员吃光了。刀乡长一听火冒三丈，但转念一想，办法来了，不是还有好几百条狗尾巴吗？于是来了个总动员，让乡政府干部人人动手，将狗尾巴煺毛、洗净，并要炊事员在狗尾巴上动动脑筋。

不一会儿，狗尾巴宴开席了，花样还真不少，有清蒸狗尾巴、白斩狗尾巴、红烧狗尾巴、爆炒狗尾巴，还有一盆狗尾巴汤。可是杨县长吃着吃着，却皱起了眉头："我说你这位乡长怎么这样小气？尽叫我们啃骨头呢？"

刀乡长忙说："杨县长，你有所不知，狗肉虽香，但是发火败胃，不能多吃，这狗尾巴虽然骨头多了点，但因为是活肉，所以特别鲜，而且有清凉败毒之功效，因此，我们这里有个说法：宁可丢了亲爸爸，也不能丢掉狗尾巴！"

"哟，这样看来，狗身上全是宝罗，可是有些人却把狗说得一无是处，还总结了六大罪状，主张消灭它，这简直是胡扯。你知道我们今天来找你的目的吗？为了促进旅游事业的发展，他们宾馆动了很多脑筋，开设了鱼味馆、鸡味馆，很受欢迎，他们还想增设蛇肉馆、狗肉馆。现在万事俱备，独缺东风，就是货源没有保证。听说你们这里狗肉多得卖不掉，因此，宾馆想和你们挂挂钩，把养狗作为一种家庭副业抓起来，这对宾馆是个支持，对发展旅游事业是个贡献，对群众也有好处，你看怎么样？"

"杨县长，你讲的很有道理，可是最近上级有文件，要消灭狂犬病。"

"哎呀，那是叫你消灭狂犬病！狂犬病要消灭，狗也要养，这就是矛盾的对立和统一。我们有的同志就喜欢简单化，一讲狂犬病，就要消灭狗，那肝炎病怎么办？把人都消灭？简直是形而上学！告诉你，我们县至今还未发现过狂犬病。再说狂犬病也可以预防的，可以请卫生部门同志把关嘛。"

一听这话,刀乡长汗都下来了,忙说:"对对对,我尽力抓好这件事。"

杨县长摇摇头:"尽力,这不行,你得保证今年下半年拿出五百只狗来。"

"嘀嘀,好……好。"刀乡长接受了这个任务,想了一晚,有了主意。第二天就下达了一个指令性的文件,规定每户至少必须养狗一只。

文件一下,舆论哗然,村干部们哭笑不得。

刀乡长又召开第二次村长紧急会议,研究落实养狗问题。这次村长们不如上次那么老实,这个埋怨,那个叫苦,这个讽刺,那个挖苦,对刀乡长展开了变相的围攻。

刀乡长笑笑说:"大家讲完了吗?你们讲完了,下面我讲讲。"他脸孔一板,严肃地说,"上次我们抓了一下杀狗,那是根据上级的文件精神办的,没错;这次强调养狗,是按照杨县长的当面指示办的,也是正确的,这就是矛盾的对立和统一。绝不能以今天叫养狗来证明昨天杀狗就错了,没错!都是形势的需要。"

他正说着,青山村小罗风风火火地跑了进来。刀乡长看看表,足足迟到了半个小时,正想批评他几句,小罗说话了:"报告乡长,遵照乡里十三号文件精神,我们青山村养狗任务已经超额完成。"

这可把大家惊得目瞪口呆。心想:杀狗你第一名,如今养狗又是你第一,怎么像变戏法似的,这里面会不会有鬼呀?

一个村长提议说:"刀乡长,学习先进,是不是到青山村去取取经?"

小罗说:"欢迎各位去检查,中午饭我请客,狗肉招待。"

十个村长,加上刀乡长十一辆自行车,浩浩荡荡来到了青山村。一进村,果然先听到一片狗叫声,接着冲出来一群狗,白的、黑的、黄的、花的、灰的,列队欢迎,气氛热烈。但仔细一看,发现这里的狗脖子上都挂着牌子,全都没有尾巴。

狗尾巴哪去啦?

小罗笑笑说:"狗尾巴?唉,被刀乡长一刀给斩掉啦。"

"怎么狗脖子上都挂奖章啊?"

"那是狂犬病免疫证。"

刀乡长这才恍然大悟,他一把拉住小罗说:"你这鬼东西,上次我来检查,你把狗藏到哪里去啦?"

"那很简单,每只狗灌上点烧酒和安眠药,就跟死了差不多。"

"你这家伙,搞这名堂啊!哎,我告诉你,这些狗可不能卖掉啊!"

"不,前天杨县长带来宾馆经理,全都订购去了!"

"喔——"刀乡长呆住了。

这里正在议论纷纷,组织部长的娘来了,她找到小罗说:"现在风向变了,养狗又吃香了。上次我当了落后分子,多亏你救了狗的命;这次,我要当先进分子啰。"

当那只大黄狗来到老太太身边时,她摸着狗的头说:"唉,多好的狗啊,可惜尾巴没了,只好晃屁股了。"

她来到乡长面前,将三十元钱递还给他,又说:"刀乡长啊刀乡长,今后下刀得看看准,你这样左一刀右一刀,老百姓实在吃不消哇!"

(吴文昶)

神奇的播音员

在一家电视台里,有一天突然发生了一件可怕的事情,一位播音员在播发新闻稿件时,忽然嘴巴失去了控制,不知怎么溜出一串话来:"现在向各位披露一宗贿赂事件:本市最大的电器公司定期向某高级官员进奉重金和厚礼……"

消息一播出,不要说播音员自己吓得脸色发白,台里上下顿时陷入一片紧张之中。播音员实在解释不清这是怎么回事,怎么嘴巴里突然就冒出这些话来?空口无凭的广播,不仅会遭到对方的强烈抗议,而且电视台也将因此而声名狼藉。

但奇怪的是,对方根本没有任何抗议的电话打进来。而且,据有关方面提供的情报,那天警视厅收听到这条新闻后虽然半信半疑,但还是对这家电器公司采取了特别行动,结果发现确有其事,有关人员已遭逮捕。

于是,原来对那个播音员的责难变成了一片赞扬。人们便以为,这个播音员是出于义愤,才公然采取这么极端的行动,伸张正义嘛,可以谅解。只有播音员自己,仍然处于一种惊恐之中,因为直到现在他也没有闹清,自己怎么会这么做。莫非,这是一种特异功能?

第二天,更奇怪的事情发生了。还是播发新闻稿件的时候,那个播音员的嘴巴又突然失去了控制:"现在公布去年本市偷税漏税最严重的前十名大户。"随着电波的发射,那播音员浑厚的男中音响彻整个城市的上空,十个偷税漏税大户不但名字被曝光,连他们使用何种伎俩、具体漏税数字,都说得清清楚楚。税务局根据新闻节目提供的线索,轻而易举地抓住了他们的罪证。

这一来,电视台的新闻节目受到当局很高的评价,听众电话也接连不断。那个播音员顿时声名大振,尤其是他的上司,了解到他的所为是特异功能所致,便叫他干脆就住在台里,一天三次在荧屏露脸,专门播发特快新闻。

这天,播音员临时接到任务,要上街采访,刚走出大门,就发现有些人见了他就逃。开始他还没怎么在意,后来发现逃的人越来越多,就有点儿奇怪,事后一打听,才知道这些人中或者是在公款上捞过油水的,或者是有过敲诈勒索前科的,或者是处心积虑专门暗算别人的,或者是曾经诓骗过女人的。总之,他们都有一些见不得人的坏事丑史,他们生怕那个播音员把自己的丑事抖出来,所以见了他都逃之夭夭。

播音员没想到事情会有这么个结局,这使他心里很不痛快。这天,他想回家喝两盅,谁知兴冲冲踏进家门,却不见妻子的影子。原来,连他妻子也不例外,几天前就溜之大吉了。

(梁　朝　谢尚周)

奇 案 迷 离

如果一个人的脚跟没有实实在在地站稳，那么扫帚柄掉在身上，也会惊慌失措。

雇客杀人

　　李二狗是西山矿区有名的暴发户,他几年前开了一个焦煤运销买卖,赚了一大笔钱。谁知他有了钱,竟干起了赌博的勾当,一来二去,竟欠下赌友赵三货几十万的赌债。

　　要说还债的钱他还是有的,可他哪甘心出这个钱?他听说现在社会上有专门赚杀人钱的杀手,他想人要是死了,债不就了啦?雇个杀手最多花一两万块钱,这比还债便宜多了。于是,他决定雇个杀手,把赵三货干掉。

　　他多方打听,在矿区工地找到一个叫王彪的外地民工,此人听了二狗的来意,满口应承。双方说好,由李二狗出资　万,王彪把赵三货的脑袋砍下来,钱就归王彪了。

　　第二天,王彪来到集贸市场,买了一把头号短柄双刃杀猪刀,开始行动了。

　　他先打听了赵三货的行踪,然后按事先选好的地点,隐蔽在大康酒店的门前,计划待赵三货喝完酒出来的时候,伺机下手。

　　这天晚上,赵三货果然在大康酒店喝酒,而且只带了两个年轻姑娘,王彪不由喜出望外。

　　王彪没见过赵三货,但见过今晚陪赵三货喝酒的两个姑娘,他想只要在门外等着,见到两个姑娘陪出来的就肯定是赵三货了。

　　到了半夜,赵三货吃完酒饭,在两个姑娘的陪同下走出了酒店,就在他们到路边寻找出租车的时候,王彪靠了上去。

　　王彪来到赵三货跟前,放眼看去,只见赵三货又高又大,猛一看像块门板,少说也有三百斤,两只胳膊比自己的腿还粗。王彪不由吓出了一身冷汗,他下意识地摸了一下怀里的杀猪刀,心说:就他那个粗脖子,我这刀子三下也砍不下他那颗脑壳,若是让他反过手来给我来上一下子,我这条小命可就得撂在这儿啦!他思来想去,没敢下手,只好眼睁睁地看着赵三货钻进出租车,扬长而去。

　　再说李二狗,在家等着听王彪的好消息,眼看快过年了,要是不把赵三货宰了,自己这年也没法儿过了。他见王彪回来说事情没办成,气得真想上去给他几个耳光。没想到王彪却埋怨他没说清赵三货的情况,害得他连个帮手也没带。李二狗一听更火了,大声嚷道:"废话!他赵三货要是个二性子,我还用你去杀他?我不管你叫多少人去,反正你给我解决了人,才能来拿钱,而且必须在两天之内!"

　　王彪回到工地翻来覆去怎么也睡不着,他想:叫个帮手吧,这钱就得分一半给人家去,到手的肥肉哪能再送出去?可一个人去,又怕自己敌不过赵三货。左思右想,想了一夜也没想出个准主意。到了第二天晚上,他又来到李二狗家,求再宽限几天。

　　李二狗哪肯答应,他骂了王彪一顿后细细一想,这小子是不是嫌钱少不肯干? 于是,他拉开抽屉,拿出两捆票子往桌上一扔,把桌子拍得山响,说:"怎么样? 我再加一万,两万块钱! 明天必须解决了。办不办?"

　　见了这两捆票子,王彪心更痒痒了:这两万块钱该够我干几年了。这回就是豁上命也得把这钱弄到手! 于是,他一拍胸脯说:"就凭大哥这痛快劲儿,我保证办到!"

　　李二狗一听,顿时转怒为喜,马上拿出了一瓶酒,两人倒上对饮起来。

　　嘴上说说容易,可真要动刀子去杀那么一个彪形大汉,毕竟不像喝酒惬意。王彪边喝着酒边在心里思量开了:那个赵三货我惹得起吗? 要是杀他不成反被他杀了,那可太亏了! 但再一看桌上放着的两捆崭新钞票,他又恨不得上前一把抓来装进自己兜里。

　　突然,王彪的脑子里闪过一个念头:不就是杀人赚钱吗? 对于我来说,目的是把钱弄到手,至于杀谁嘛……

　　他望望正喝得来劲的李二狗,一只手悄悄伸进了怀里,嘴里喃喃地念着:"我还是先挑好杀的杀吧!"

　　就在李二狗低头又一次斟酒的时候,王彪手起刀落,李二狗的人头"扑通"一声,滚落在了地上……

　　王彪拿起桌上的两万块钱揣进怀里,拉开门走了。

(徐　洋)

毛驴送葬

那是个秋天的早晨,火葬场场长老李一大早起来,打开大门一看,只见电线杆下停着一辆毛驴车,套具俱全,却不见毛驴的影子,车旁地上还躺着个人。他上前一看,那是个年轻人,龇牙咧嘴的,人已经死了,可手里还攥着根赶驴的皮鞭。老李一见这情景知道是个人命案子,一面叫人保护现场,一面打电话报案。

刑警队很快来到现场,经过仔细察看,认为毛驴车从西而来,毛驴又往东而去。死者是坐着毛驴车来的,在火葬场门口又留下他和毛驴的许多杂乱的脚印,像是有过搏斗。再检查死者身上,却没有伤。他是怎么死的呢?

根据这样的情况,他们决定:一,立即将死者送医院验尸,查清死因；二，出告示寻找死者的亲属；三，兵分两路，一路往东，寻找毛驴的去向，一路朝西，探清毛驴车的来路。

很快，验尸报告出来了，死者无外伤和内伤，无疾病，无中毒迹象，可能是受惊吓而死。

往东寻找毛驴去向的回来报告说，他们顺着蹄印一直追到黄河故道的河堤上，不见毛驴，蹄印也消失了。

往西探寻毛驴车来路的人也一无所获，只是在一座破砖瓦窑前发现毛驴车停留过的痕迹，并从窑里一张草苫子上找到一个用铜丝制成的小圆环。

几天过去了，侦查工作毫无进展。正在刑警队一筹莫展的时候，东郊田庄村人牵来了一头毛驴，并且确认了死者就是他们村的村民，名叫郑雨林。

郑雨林是个光棍，以赶毛驴跑运输为生，一年到头都在外面转。今天上午，这头毛驴跑回家了，却不见车子，也不见主人，大家猜测那天死了的可能就是郑雨林，所以就把毛驴送来了。

可是这头毛驴也怪，在刑警队里怎么也拴不住，又踢又蹦地极不安分。刑警们以为毛驴饿了，就放它出去吃草，谁知毛驴既不吃草，也不回家，而是往南直奔。看管的同志觉得奇怪，就暗暗地跟着它。

只见小毛驴穿过一村又一村，来到一家小院的大门口，用头去拱大门。屋里的女主人开门一看，愣了好一阵，接着举起扫把边打边骂，将毛驴赶得远远的。哪知毛驴转了个圈又来拱门了。这样反复多次，最后出来个男人，看看四周没人，就将毛驴让进屋里，关上了大门。

不一会，几个刑警来到这家小院，经过审问，这家男主人只好如实交代。

他是个小偷，前几天深夜潜进火葬场，转了半天也没发现有什么值钱的东西。他后悔自己不该来这晦气的地方，正想离开，只听门外来了辆毛驴车,车上直挺挺躺着个人,他以为是拉来火化的,忽听门外传来鞭子抽打毛驴的声音,并且夹杂着骂声:"他妈的,哪里不好去,偏把我拉火葬场来,你想我死是吗?哼,我也让你活不好!"打着打着,突然没有声响了,他抬头一望,车老板躺在地上一动不动,小毛驴却"笃笃笃"地往东跑了。小偷急忙跳出窗子,追上毛驴,牵回家里。今天一早,他把毛驴牵到集市上去卖,看见那张招领无名尸体的告示,他怕自己卷进人命案子中去,赶紧咬咬牙把毛驴给放了。哪里知道这毛驴却又找上门来拱他家的大门。

不用说,这对案情的侦查是个意外的突破,但只是证实那天夜里除了毛驴和车老板外确无他人,那么车老板究竟是怎么死的呢?仍然是个谜。

说来凑巧,就在这天,刑警队刘队长在服装店里碰到了两个人,男的年近五十,女的三十上下,像是夫妻,又不像夫妻。仔细一看,发现那女的左耳朵上戴着一只耳环,和那天在砖瓦窑里捡到的小圆环一模一样,于是刘队长就将他们请进了刑警队。刘队长取出那只小圆环,往女人面前一放,问道:"这玩意儿是你丢的吧,你知道丢在哪里吗?"女的一听,吓得面孔煞白,支支吾吾连话都说不清了。刘队长说:"你不用害怕,只要把情况如实地讲清楚,我们不会难为你的。我问你,你去过破砖窑吗?你到那里去干什么?又碰到了些什么?"女的双手捂着脸直哭,后来她指指男的说:"这事叫他说吧。"男的知道事关重大,也顾不得隐瞒自己的丑事,就原原本本地把事情全说了。

男的叫刘宝,做生意发了点财,近年来跟面前这位俏媳妇勾搭上了。那天晚上,他们约好十二点在破砖窑里幽会。刘宝提前半小时来了,只见窑前停着一辆毛驴车,侧耳一听,窑洞里还有厮打的声音。刘宝不敢进洞,急忙爬上窑顶,伸头往下一看,啊!原来有人在强奸妇女。他正想大喊一声,去救那妇女,但又想到自己的事儿,离十二点还有十几分钟,侄媳妇就要来了,得赶快到路口去等她。他急忙从窑顶上下来,来到路口,等了好一会儿,却不见侄媳妇的人影。这时,那窑里的男人办完了事,驾起他的毛驴车走了。刘宝又来到窑门口,只听那女人还在窑里啼哭不止。他觉得声音好熟,进去一看,天哪,被强奸的却原来就是他的侄媳妇。女的骂他为啥迟到,男的怪她干吗早来,打亮打火机一对表,两只手表正好相差一小时。

这时刘宝真是怒火中烧,他打发侄媳妇先回家,自己撒腿就去追赶那毛驴车。

刘宝一直追到火葬场,才追上那毛驴车。他见赶车的躺在车上睡觉,正想冲上去下手,突然看见那汉子从车上跳了下来,卸下毛驴一边骂一边打。打着打着,那毛驴也急了,飞起一脚,那汉子当即倒地,打了几个滚,就没声响了。刘宝见毛驴为他报了仇,便心满意足地回家了。

现在案情清楚了。那天郑雨林在砖窑里强奸了妇女,又稀里糊涂地被毛驴拉到了火葬场,他一气之下,怒打小毛驴,被小毛驴一脚送了命。可那致命的一脚又踢在哪里呢?这个问题不搞清,还是不能结案,于是又对尸体作进一步检查。

通过又一次验尸,才发现上次检查疏忽了一个部位。原来毛驴那一脚正好踢在郑雨林两条大腿当中的要害部位,皮外完好无损,可里面已成肉酱。

刘队长叹了口气,说:“这可真是恶有恶报呀!”接着就通知火化,结案。

(王　耕)

第三具尸体

　　在城郊小山脚下,有一幢孤零零的小楼,楼里住着一位年轻的姑娘。她叫吕小芬,是火柴厂的工人,也是市里小有名气的故事员。

　　这天晚上,她为了迎接省里举办的故事讲演比赛,正对着大衣柜的镜子在练习她的参赛故事,突然传来一阵敲门声。吕小芬以为是她男朋友雷小鸣来了,连忙跑出房间,拉开了大门。谁知进来的并不是雷小鸣,而是一个陌生人。他身材高大,面色憔悴,头发蓬松,衣衫破乱,踉踉跄跄地进了门,伸出一双脏手,可怜巴巴地说:"姑娘,你行行好,给点吃的吧!"

　　吕小芬从菜橱里拿出两个冷馒头,那个人一把夺过,狼吞虎咽地吃了起来。吕小芬见他这模样,就问:"你是什么人? 怎么弄成这般模样?"

那人端起桌上的半杯凉开水,"咕嘟咕嘟"一饮而尽,抹了抹嘴说:"这你别问,我只想借你这风水宝地,好好休息一下,天亮后我就走,我要到公安局报案去。"吕小芬说:"不,这里就我一个人,很不方便,我现在就陪你去公安局,他们会安排你休息的。"那个人鼻孔里哼了一声,说:"既然你不欢迎,我马上就走,但我有个小小的要求,请你给我煮杯咖啡!"吕小芬一惊:"怎么,你还要喝咖啡?"那个人从腰里摸出一把匕首,往桌上一戳,虎着脸说:"是的,我要喝咖啡,多放点糖!"

见了匕首,吕小芬知道来者不善,但她有什么办法呢?喊吧,四周没有人家;打吧,不是他的对手。她只得乖乖地给他煮了杯咖啡,又放了些糖,端到他面前说:"你喝吧。"

那个人将一杯咖啡喝完,精神倍增,便朝吕小芬笑笑说:"你不是想知道我的身份吗?我现在告诉你,我是个抢劫犯。前不久,我抢了一个储蓄所,被公安机关逮住,关进了监狱,我以为这下完了,不枪毙也是无期。谁知吉人自有天相,前天竟让我逃了出来,并且碰到了你这位既漂亮又善良的好姑娘,我是不会忘记你的。"他讲到这里,"嘿嘿"一笑,"啪"地站起,抓住桌上的匕首,对准了吕小芬的胸膛,命令道:"走,到你卧室去!老子已经好长时间没和女人睡过觉了。"

吕小芬被逼得一步步往后退,当她退到床前时,突然叫了起来:"你不能过来,这下面有两具尸体!"

歹徒一惊,问道:"怎么,你也杀了人?""对,你快走吧,不然,你也成了杀人犯!""不,我不走,我要知道事情的真相。你说,这是怎么回事?""这是我们的家事,没有必要告诉你,你快离开这里吧。"

吕小芬越不肯讲,歹徒越想知道。他晃了晃匕首,凶狠地说:"你快讲!"吕小芬没办法,只得答应:"你既然一定要知道,那就请你坐下,我讲给你听。"

她喝了口水,像讲故事一样,讲述了她杀人的来龙去脉……

"这幢房子的主人是我父亲的姑妈。她中年丧夫,身边只有一个面黄肌瘦的女儿,叫宋丽娟。为了使财产不落外人之后,也为了给宋家传宗接代,老女人把我父亲接来作为养子,并将女儿许配给他。可我父亲根本不承认这桩婚约,并且在他大学毕业后,和一位姓杜的女同学结了婚。老女人知道后,气得暴跳如雷,大骂我父亲忘恩负义。正在她气得鼻孔朝天的时候,她女儿又病情加重,吐血死了。老女人因此越想越气,越想越恨,一个加急电报,将我父亲召回家来。她取出一张两千元的存单,满面笑容地对我父亲说:'孩子,过去我一直把你当亲生儿子一样看待,但我却只能留住你的身,留不住你的心,既然这样,你就远走高飞吧,这点钱算是我做姑妈的一点礼物。'她说完,又亲手煮了杯咖啡,加了些糖,端到我父亲面前说:'孩子,喝了这杯咖啡,提提神。'我父亲见姑妈如此通情达理,就高兴地把这杯咖啡喝了,并说:'姑妈,钱你放着自己用吧,你放心,我不会忘记你的恩情的。''这就好,这就好。'……他们这样谈着谈着,突然,我父亲觉得肚子一阵阵绞痛,不一会儿就'扑通'一声倒在地上,七孔流血,气绝身亡……"

歹徒听到这里,失声叫道:"啊!那咖啡里有毒?"吕小芬说:"对,那白糖就是剧毒药品。老女人见我父亲死了,就将他的尸体砍成几块,埋进这床下的地底里。这就是我说的第一具尸体。"歹徒急切地问:"还有那第二具尸体是谁?"吕小芬说:"你别急,听我往下说呀。"她喝了几口水,又说开了……

"父亲死后,我母亲到处打听父亲的下落,经过五年的努力,终于得知我父亲已被那个老女人害死。本该到公安机关告发,但没有证据,她只得把仇恨埋在心里,直到我十七岁那年,母亲得了重病,她才把事情的经过详细地告诉了我,并要我设法报这杀父之仇。母亲死后,我以老女人孙女儿的身份,来到这幢楼里,并且对她百般奉承,逐步取得了她的信任和欢心。后来我终于发现了那瓶害死我父亲的白色毒药,于是我决定以其人之道还治其人之身,毒死老女人,为父亲报仇。

"一天晚上,老女人说:'小芬,给我煮杯咖啡,多放点糖!'我当然——照办,并且看着她把一杯咖啡灌进肚子里。没过多久,她开始在床上打滚,接着'咕咚'一声翻落在地上,瞪着眼睛说:'你、你放的不、不是糖,是、是毒药!'当即口吐鲜血,死了。这就是埋在这里的第二具尸体。"

这时,歹徒的脸色已变得铁青,额角上虚汗直冒,他似乎觉得肚子已隐隐作痛。他想站起来,可是浑身无力,手里的匕首也跌落在地上。他无力地叫道:"你咖啡里放的不是糖,是毒、毒药……"

吕小芬说:"对,你就是这里的第三具尸体!"说完,她冲出家门,来到街边电话亭,一个电话打到公安局,报告了案情。

不一会,警车来到吕小芬家门口,几个公安战士冲进门去一看,歹徒倒在地上,而且已经断了气。

他们问吕小芬:"他是怎么死的?"

吕小芬说:"不知道,我只是给他讲了个瞎编的故事。或许是极度的心理恐惧,把他给吓死了吧!"

(李来复)

天衣有缝

　　阿娟就要当新娘了。这天下班后，她喜滋滋地和男朋友林阿贵去布置新房间。

　　哪晓得他俩打开房门，一股臭气冲面扑来。阿娟感到奇怪，新工房，里面的一切都是新的，哪来的臭气呢？她赶忙去开窗子，发现那臭气是从放在靠窗的三用沙发里散发出来的。阿娟招呼阿贵，将沙发移开，发现沙发底下有摊臭水，腥臭难闻。阿娟嘴里嘟哝着："死野猫，钻在沙发底下拉屎拉尿！"她边骂边叫阿贵取来拖把，擦去臭水，然后将沙发搬回原处。

　　谁知，刚才放沙发的地板上，又发现几滴臭水。阿娟更奇怪了：怎么，难道这臭水是从沙发里漏下来的？她赶忙叫阿贵将三人沙发坐垫拉开，这一拉可不得了啦！只见一具一丝不挂的无头女尸，躺在沙发坐垫下面放被胎的暗柜里，阿娟吓得"啊"一声惊叫，拔脚奔到门外大喊起来："快来人啊！快来人啊……"

左邻右舍奔过来看后，立即向公安局报了案。半个小时后，侦察科李科长带了两名助手来到现场。

李科长四十开外，是公安战线上一员经验丰富的老将。他一踏进新房，就仔细检查：死者身长一米六十上下，三十五岁左右，已婚未育，从尸体僵硬程度和颈部残留的血污判断，死者是先被掐死后再砍下脑袋的。

李科长沉思了一会，便问呆立在一旁的林阿贵："这张沙发，是从哪家商店买来的？"

林阿贵见李科长问他，他那右眉毛当中断了一截的紫痕竟抖得上下直跳，嘴里结结巴巴地说："这个沙、沙、沙发，我、我、我是从十六铺自、自由市场上买来的。"

李科长一听是从自由市场上买来的，心里不禁"咯噔"一下：这事麻烦了，自由市场上人来人往有多自由啊，到哪儿去找卖主？他立即命令车走尸体，暂时封闭现场，然后便回到公安局。

李科长觉得要想通过查找卖沙发人来打开案子缺口，已是"此路不通"。他根据验尸报告提供的材料，决定先查明死者身份，然后顺藤摸瓜。于是报请局长批准，向全市各区分局发出协查通知。

通知发出四十小时后，就报来了四份材料，其中有一份是这样写的：

> 亚洲电机厂嵌线女工董伟琴，现年三十四岁，身高一米六二。近期经常病假。三天前没来上班，也未曾请假。组内同志去她家探问时，未见本人，且其房内极为凌乱。
>
> 董夫在劳改农场服刑，董曾多次向法院提出离婚要求，

鉴于其夫服刑期间认罪态度较好,为有利其夫改造起见,法院同志曾多次上门调解。一周前,董已接受调解,撤回离婚申请,并愿意去劳改农场探望其夫……

李科长看了这份材料,为了判断无头女尸是不是突然失踪的董伟琴,他立即带了助手,驱车来到董伟琴的家。

车子到了目的地,李科长下车走了进去。这是一幢老式平房,当中客堂,两边厢房,董伟琴的卧室在西边的后厢房。李科长推门踏进房间,只见房内橱柜箱笼翻得一塌糊涂,连被窝垫褥也被撕开,简直像遭了一场浩劫。床前的泥地上,有一个圆印子,一旁放了一把切菜刀和一块圆砧板,上面沾有血迹,经取样化验,都是董伟琴的血。李科长终于明白,董伟琴是在自己的房间里被杀害的。

凶手为什么要杀害董伟琴呢?是抢劫凶杀案?但是当查看了被翻乱的抽屉,发现金银首饰、现钞存折都没被拿走时,李科长便否定了这个假设。

那么,是不是情杀?如果是,她的情夫是谁?李科长决定先向董家的邻居了解了解。

住在董伟琴家斜对面的李家阿婆,反映了一条非常重要的情况。她说:"前天下午三点钟,有一个三十来岁的男人,带了两个小青年,推来一辆黄鱼车,把董伟琴家的那张三用沙发搬走了。"

李科长忙问:"董伟琴家沙发是什么式样的?"

李家阿婆说:"淡咖啡泡沫塑料的面子,长靠背,靠背上还有一排'枕头',晚上拉开好当床,下面暗柜里还好放棉花胎呢。"

李科长听了,就从笔记本中取出一张彩色照片递给李家阿婆看。

李家阿婆指着照片说:"对对对,董伟琴家的沙发,与照片上的一模一样。"

李科长暗暗"哦"了一声：原来林阿贵的沙发就是董伟琴家的。那就说明卖沙发的人，很可能就是凶手或者是认识凶手的人。他问林家阿婆："来搬沙发的人，长什么模样？"

"三十多岁，长脸，右眉毛当中好像贴了一块橡皮胶，当中断了一截。"

李科长听到这儿，眼前马上出现了林阿贵的形象。

李科长谢过李家阿婆，走了出来，只见董伟琴家的门口，有个人在探头探脑地朝里张望。李科长咳了一声，那人一掉头，见是李科长，立即惊得"啊"一声，浑身颤抖起来。李科长也认出了那人，猛喝一声："林阿贵！"

林阿贵万万没料到在这里会遇到公安人员，他额头上的冷汗，好像黄梅天泛潮，揩去一层又冒出一层。

李科长待他情绪稍微稳定了一些，便问："你与这里的主人认得吗？"

林阿贵连连摇摇头，说："不认识！不认识！"

"那你为什么到这里来？"

林阿贵额头的汗又大颗大颗地冒出来，他支吾了一阵，才说："我到这儿来是想打听打听凶手有没有抓到。"

"你怎么知道凶手在这儿？"

"我那只三用沙发是从这儿车走的。"

"你不是说从十六铺自由市场买的吗？"

"我当时怕，没敢讲真话。"

"你怕什么？"

林阿贵用手抹了一下额头上的汗水，说出了他害怕的原因。原来，林阿贵是个犯有前科的人，三年前因打群架，眉毛被对方挑去一截，他把对方打成重伤，被判了两年刑。刑满后因为是个蹲过"臭乳腐甏"的人，对象难找，后来好不容易找到阿娟姑娘，哪料到在快要结婚的时候，碰到这倒霉事。他怕公安局怀疑到自己，弄得鸡飞蛋打一场空，所以盼望早日抓住凶手，就来探听消息了。

接着，林阿贵又说了买沙发的经过。三天前，林阿贵去十六铺自由市场买沙发，可是那儿沙发标价高，式样又不中意。他正东拣西问时，有个三十多岁妇女走到他面前对他说，她家有只新做的三人三用沙发，因为急等钱用，愿意低价出售。林阿贵就跟她上门看货。一看觉得式样中意，便讲明180元当场付款成交，并让她写了收款收据，约定第二天去车货。

林阿贵说到这里，从身边取出一张亲笔写的收据，递给李科长，接着说："前天，我向食堂借了辆黄鱼车，请来两个小青年帮忙，来这里搬沙发。谁知我一推开门，只见女主人背朝我，光了膀子在系胸罩。她发现背后有人，头也不回，一边生气地说我招呼不打就推门，一边抓起衣服躲进里屋去了。我说，我来搬沙发的。她在里屋说，要搬就快搬。于是，我们七手八脚将沙发搬上黄鱼车，就匆匆回家来了。唉！早知这样，打死我也不贪这便宜货了！"

林阿贵的话，真像茶博士冲茶，滴水不漏。可是，李科长听了却是疑问重重，他想：如果林阿贵所说是真的，那他来搬沙发时，董伟琴还没死，那她的尸体怎么会出现在沙发里呢？如果已经死了，那个光了膀子系胸罩的女人又是谁呢？

尽管林阿贵的突然出现，很值得怀疑，但李科长只是向他宣传一番党的政策，就叫他回去了。

林阿贵走后，李科长和助手们商量后觉得，董伟琴被害，看来既非谋财害命，又不像情杀，从被翻乱的现场来看，作案者好像在寻找一样东西！可是，现场却丝毫没发现作案者留下什么印痕，看来案犯是个狡猾的老手。于是，李科长和他的助手，还有派出所的民警，决定来个兜底翻，先在这屋里查个明白！

　　李科长等人对董家的物件进行了细致的检查，没有发现什么可疑的东西，当他们进入厨房检查时，见锅灶旁边的墙上吊了一只竹制的小碗橱，那橱有四根紫竹柱子，三根竹柱子的顶端积满厚厚灰尘，而右前方那根柱子，非但顶端没积灰，而且竹节被打通了。

　　李科长用手电往里一照，竹筒里有张纸条。他把纸条取出来一看，原来是张名单。数一数，共有三十四个名字。每个名字后面，都注明这个人因何罪何时被捕，判几年刑，何时释放，现住何处等等，连他们关在监狱里的监号，都写得清清楚楚。这张名单中有董伟琴丈夫的名字，也有林阿贵的名字！

　　李科长见了这张名单，心中又惊又疑：监有监规，犯人在监狱里的情况，是不允许带到监外来的。这张名单出现在董伟琴被害的现场，难道这起凶杀案与此有关？看来林阿贵与董家早有联系，这家伙说了谎！他到底扮演了啥角色？

　　李科长向派出所民警交代了几句，就和助手回到局里。他预感到这凶杀案似乎潜藏着较复杂的背景。为了摸清这张名单与凶杀案的关系，李科长连夜赶到劳改局所属的农场，一核对，这名单上的人都是这个农场二中队的犯人，或曾经在这儿服过刑的人。这一情况使李科长感到一阵振奋，觉得搜索的范围缩小了，于是他决定首先提审董伟琴的丈夫。

　　董伟琴的丈夫说，由于董伟琴要与他离婚，凡是监友释放，他总要拜托他们，到自己家劝劝董伟琴。名单上的人，他都拜托过。

　　"林阿贵你也托过吗？"

　　他点点头。

　　李科长从农场回来，脑子里一直翻腾不停，凶杀，名单，还有那个躲躲闪闪的林阿贵，下一步从何入手呢？他决定带了董伟琴丈夫的照片再找林阿贵。

林阿贵一见李科长,又慌得头上冒汗。

李科长单刀直入问:"你认识这个人吗?"

林阿贵看了照片点点头,说:"认识,他是个犯人。我刑满离场时,他托我到他家劝劝他老婆,不要和他离婚。我怕到他家后有人怀疑我是内外串供,弄不好又要吃官司,所以我一离开农场,就把他家地址丢了。我没去过他家,他现在怎么了?"

李科长见林阿贵又不承认认识董伟琴,而且说得合情入理。心想:他为什么处处回避与董伟琴相识呢? 凶手既然在董伟琴家里杀了她,肯定与董伟琴相识,让我再去问问董伟琴家对面的李家阿婆,出事的那几天,除了林阿贵,还有谁到过董伟琴家。

李科长带了三十来张犯人的照片,来到李家阿婆家,一张一张给她看。

李家阿婆看了半天,指指林阿贵的照片说:"只有这个断眉毛来搬过沙发。"

李科长又问道:"阿婆,除了这个断眉毛,那两天还看见过什么人到过董家?"

李家阿婆想了想,说:"还有一个女民警。"

"女民警?"

"那天,断眉毛搬走沙发后,大约过了二十分钟,我亲眼看到董伟琴送女民警出来,还与女民警握手告别呢。"

一听这话,李科长惊奇地瞪大眼睛:这就奇了。林阿贵搬走了沙发,董伟琴还没死?难道她的尸体是飞到沙发里去的不成?

不过李科长在惊奇之后,又感到发现了新线索:现在又多出一个女民警。林阿贵搬沙发时,见到过一个光膀子妇女在系胸罩,因为妇女一般不会当了其他人的面光了膀子换衣服的。这说明这时屋里只有一个妇女。可是李家阿婆又亲眼看见董伟琴送女民警出门,那么这个光膀子的女人应当是董伟琴。可是这个女民警又是从什么地方冒出来的呢?

为了摸清女民警的来龙去脉,李科长来到受理董伟琴离婚案的法院,找到有关科室。经核实,出事那几天,根本没有一个女民警去过她家!

李科长从法院出来,步子轻快多了。哼!女民警是假的!找到这个假女民警,这件案子就会有眉目了!

怎么找?李科长决定先从那张名单入手。他回到局里,取出名单上已刑满者的相片,通过技术处理,在那些剃光头的相片上戴上一顶女民警帽子。第二天一早,又来到李家阿婆家,请她辨认。

事情进行得十分顺利,李家阿婆没费多少工夫,就认出其中一个人来:"喏,就是她。"

李科长一看,此人叫施缩梧,平时走路时喜欢扭扭捏捏,举止说话一副娘娘腔,四十多岁的人了,连根胡须也没有。有人说他脸皮厚,胡子也戳不出来。这个人过去与林阿贵是同一个劳改小队,如今又是同厂同车间同小组的工人。他与林阿贵关系很密切,难道是他与林阿贵串通作案?

李科长正打算到他们厂里去摸一摸情况,办公桌上的电话铃突然响了起来,他拎起话筒一听,不由拍案而起。

电话是他的助手打来的。原来,助手发现林阿贵早上请假,匆匆乘长途汽车去远郊重固镇,来到镇西小河边一棵杨柳树下,东张西望,看样子好像在等人,又好像在寻找什么东西,到了中午十二点,他又突然急匆匆跑到汽车站乘车回上海了。等林阿贵一走,助手就来到他徘徊的小河边,四下查找,最后在河里捞起一只黑色的塑料包,拉开一看,竟是被害人董伟琴的头!

李科长站起来,手里抓着话筒,紧皱眉头,思索了一会,然后用果断的口气命令他的助手:"把黑色塑料包原封不动放回原处。加强监视,注意保密!"

李科长放下电话,看了一下手表,立即骑上摩托车向长途汽车站驰去——林阿贵一下车，就被"请"到了公安局。

林阿贵心里想：这下子阎王老爷查簿子，要我命了。他冷汗淋漓，耷拉着脑袋，坐在审讯室里。

李科长开口问道："林阿贵，你去重固干啥？"

林阿贵仍耷拉着脑袋，好似一尊塑像，毫无反应。

李科长见他低头不语，提高声音说："林阿贵，你要端正态度，把你为啥要到重固去的原因讲清楚，这样才有利迅速破案，对你也有好处啊！"

林阿贵这才像从梦中惊醒，他抖抖索索从口袋里摸出一张纸条递过来。

李科长接过一看，只见上面写着："六日上午九点，望去重固镇西边小河边第三棵杨柳树下碰头，将面授机宜，解除你的沙发之忧。千万勿误。"下面没有姓名。而纸条上的字，都是用从报刊上剪下来的铅印字，一个一个拼贴起来的。

林阿贵接着说，这纸条是他早上上班时在工具箱里发现的。自从沙发里出现女尸，公安局找他谈话，阿娟又对他态度冷淡，他成天提心吊胆，怕说不清楚，怕阿娟要和他吹。现在见有人肯给他面授机宜，就去了。林阿贵说到这里，哭丧着脸说："谁知我一下汽车就被你们抓来了，看来我新郎倌做不成了，呜呜呜！"

李科长看了纸条，听了林阿贵的叙述，已断定这是罪犯设的圈套，看来，罪犯想把"湿布衫"脱给林阿贵，通过林阿贵的活动，来转移警方的视线。

那么，是谁把"湿布衫"脱给林阿贵的呢？李科长想：纸条放在林阿贵的工具箱里，这说明只有与林阿贵同车间、同小组的人才能做到，于是施缩梏便暴露出来了。

施缩梏是何许人？他原是"四人帮"的爪牙，被判刑后，心怀不满，妄图东山再起。在狱中，他把同监犯的名字、监号、罪行都默记在胸。刑满释放后，就开列这张名单，并寻机加入海外特务组织,并把这批人当作他发展特务组织的对象。当他刑满释放时,董伟琴的丈夫拜托他劝劝董伟琴,他来到董家,见她一人独居,这地方偏僻冷静,是个搞特务活动的理想场所,便起了霸占董伟琴的念头。为了遮人耳目,他男扮女装,扮成女民警,与董伟琴勾搭成奸。

一天,施绾梏正巧与一个特务组织接上关系,他一时高兴,多喝了一些酒,酒后失言,露了口风,惊得董伟琴心尖打颤。她从醉酒后熟睡的施绾梏身上发现了写有她丈夫名字的名单,吓得赶紧将名单藏在紫竹小碗橱的竹筒里。施绾梏酒醒后,发现名单没了,就掐住董伟琴的头颈,逼她交出名单,谁知一时惊慌,酒后用力过猛,竟将董伟琴掐死了。

这时他一不做二不休,索性丢下董伟琴,戴上手套,穿上董伟琴的鞋子,在房里翻箱倒柜,寻找名单。结果名单没找到,他担心时间一长,董伟琴的尸体被人发觉,便把她的头割下包好,把尸体塞进沙发下面暗柜里。一切料理好,正在化装时,林阿贵闯了进来。等林阿贵车走了沙发,他把董伟琴平时常穿的长袖衬衫挂在门背后,出门时看到李家阿婆在门口,就操起门背后的长袖子假装握手,提高嗓门说了声"再会",挟着包裹扬长而去。

林阿贵家里无头女尸暴露后,施绾梏摸准林阿贵的脾性,知道他自从判刑后变得越加胆小,又对政府产生了不信任感,就用纸条引林阿贵到重固去兜一圈,以便引起公安人员对他更加注意。当他听说林阿贵一下汽车就被带进了公安局,他得意地心里暗叫一声:大功告成也!

第二天上班,施绾梏走进车间,见林阿贵已经在那里干活了。这一惊非同小可:"阿贵,你昨天下午到哪里去了?"

林阿贵把昨天早上的事如此这般说了一遍,最后说:"反正我没杀人。现在捉人要凭证据的,他们没有证据,就把我放了。"

施绾梏听说"没有证据",心中一阵冷笑:让我给你弄个证据,送你上西天了结此案吧。

这天,施绾梏早班下班,乘车直奔重固镇。到了小河边,对一个船民说他有个黑包失落在河里,请他捞一捞,愿付拾元钱报酬。船民真的下水把黑包捞了起来。施绾梏见没人注意船民,付了拾元钱,拎着黑包回到上海。那时已经是晚上八点多了,他偷偷来到林阿贵的新房间,见新房里黑灯黑火,好像没人。他轻轻敲了几下,没人回答。这才摸出钥匙,把门轻轻推开,身体一侧,闪进门里,随手关上房门。

他万万没想到,就在门锁"啪"锁上的时候,房内电灯突然亮了。施绾梏抬头一看,只见林阿贵、阿娟,还有两个公安人员,正站在里面盯着他。他惊得灵魂出窍,身子就像根进了汤盆的油条,再也直不起来。

李科长将门一开,门外进来一个人,手里拿着一张拾元纸币交给李科长。

施绾梏一看,正是那个帮他捞包的"船民"。他什么都明白了,眼乌珠往头顶上一弹,人瘫到地上。施绾梏本以为,他犯的案子是天衣无缝,无人知晓,现在西洋镜全部拆穿,他知道大年夜翻日历,自己末日到了。

(黄宣林)

半夜劫案

　　一天深夜,十二点钟敲过,雷阵雨刚停,公路上空荡荡的,没有一个行人。黄色的路灯从树叶缝里透出点点微光,不时传来树上的滴水声和树叶的沙沙声。

　　"滴铃铃……"一阵清脆的铃声打破了深夜的寂静,由东向西驶来一辆自行车。骑车的是一位体态窈窕、身披塑料雨衣的年轻姑娘,她一面急促地蹬车,一面不停地按铃给自己壮胆。

　　突然,前面黑暗处闪出几条人影,挡住去路。姑娘心里一惊,知道遇上了歹徒。她咬咬牙,右脚用力一蹬,自行车直向那些黑影冲去,只见那些黑影惊慌地往两旁散开了。姑娘穿过黑影,正想加快速度,谁知车后的书包架被他们猛地拉住了。姑娘跳下车撒腿就跑,但几个黑影已围了上来。

在昏暗的路灯下，只见为首一个大个子满脸横肉。他朝姑娘一看，狞笑起来："嘿嘿，还是个女的呢!"说着，把手里的匕首一晃，"不许出声，否则要你的命!"

姑娘心惊肉跳，正不知怎么办，无意中触到自己雨披里背着的黑皮包，心里一动，就说："你们要钱吧? 这儿有我这个月的工资，拿出来给你们，放我走吧。"

旁边一个瘦高个尖声叫起来："嘿，还有你人呢!"

"嘘，轻点!"大个子说着转过身来，对姑娘说："快，把钱和手表都交出来，省得老子动手! 哼，本想活捉几只鸡，谁知遇着一只羊。"

姑娘慢慢地把手伸进皮包，突然"嗖"地拔出一支手枪来，喊道："不许动，再靠近我就要开枪啦!"众歹徒一听开枪，一下愣住了。

大个子定睛看时，只见姑娘左手撩起雨披，右手捏着一支黄澄澄、上面有红色条纹的手枪，顿时冷笑说："嘿嘿，玩具手枪，你把我们当小孩子耍呀，拿这种枪吓唬谁?"

"哈哈哈……"众歹徒一听是玩具手枪，一齐怪笑起来。

大个子喝声："上!"把匕首一举，一个箭步窜向姑娘。

姑娘一闪身，又喊道："我真的开枪啦!"

"哈哈!"歹徒们更得意了。

大个子冲近姑娘，伸手拉住姑娘的雨披，这时只听"噗"的一声，姑娘的枪口冒出一股白烟。大个子双手捂在胸前，一个后仰，四脚朝天倒在地上。

"啊?"众歹徒这一惊非同小可。

瘦高个急忙一个转身，回头就跑，嘴里叫道："快……"他"跑"字还没出口，又是"噗"的一声，他随即一个倒栽葱跌在地上。

一看横倒了两个，剩下的三个歹徒就像没头苍蝇似的，乱蹿起来。

姑娘咬咬牙喊道:"不准乱动,谁动我就打死谁!"

三人一听,吓得再也不敢动弹,站在那儿筛糠似的发抖。

姑娘暗暗吁了口气,用枪逼着,命令他们一个推起自行车,另外两个一人背一具死尸,乖乖地走在前面,就这样一直把他们押送到附近派出所里。

值班的刘所长听完姑娘的叙述,便喊了几个值班人员把三个歹徒关了起来。然后望了望地上躺着的两具尸体,纳闷地想:怎么不流血? 就对姑娘说:"同志,你可真不简单啊! 不过⋯⋯你的枪⋯⋯"

姑娘"扑哧"一声笑了起来,刘所长被她笑糊涂了。这时,只见姑娘脱下雨披,从皮包里掏出工作证。刘所长接过一看:"哦,你是动物园的驯兽员!"

"是的,今晚是我值班,园里的那只母虎要产仔了,我怕它发性,特地去借了这支麻醉枪。"

"麻醉枪?"

"是麻醉枪。"姑娘点点头,掏出枪放在桌上。

刘所长拿过来,看看像个塑料玩具枪,红黄相间的条纹在灯光下闪闪发亮。

姑娘说:"看着吧,再过二十分钟,他们就会醒过来。"

果然不一会儿,地上那大个子蠕动了几下,慢慢地睁开了眼睛。刘所长把枪对准他,说:"哼! 你们胡作非为,今天可尝到厉害了吧!"

姑娘盯住大个子,严厉地说:"我今晚本想对付一只虎,谁知却先逮住了一群狼。"

"哈哈⋯⋯"刘所长和姑娘忍不住一齐笑了起来。地上的大个子动也动不了,直愣愣地望着他们,懊丧地闭上了眼睛。

(张德亮)

畸 情 动 天

"爱"和炭相同,烧起来,得设法叫它冷却。让它任意着,那它就要把一颗心烧焦。

真正的朋友

　　二十多年前,老齐还是个年轻的小伙子,大家叫他"小齐"。当时,因所谓出身成分不好,小齐被发配到内蒙古一个边远的小地方。领导让他去放羊,他觉得这活儿一个人自由自在,很乐意,就稍微收拾了一下,穿了一件羊皮袄,骑了一匹老马,带着一条叫大黑的狗,赶了十几头羊,上路了。

　　走了大概三五天吧,来到了一个小湖旁,这里草肥水美,环境很好,正好有个以前牧民们留下的破蒙古包和一个旧羊圈,稍加整理,就可以住人了。大黑也跟小齐住在一起,他们白天去放羊,晚上就坐在火堆旁烤火,生活很单调,也很平静。

　　大黑是一条三岁半的公狗,聪明健壮,它是小齐唯一的朋友。

这里狼虽不多，为防万一，小齐还是在周围布下了几只狼夹子。这天早上，小齐像往常一样骑上老马，带着大黑，出去转。走了不远，大黑突然两眼圆瞪，耳朵立起来，小齐赶忙摘下猎枪，上了膛。果然，就在前面不远处的一片草丛里，他布下的狼夹子夹住了一条大灰狼，走近一看，是条母狼，腿都快被夹断了。小齐警惕地向四周搜索了一下，发现在二十米外的地方，有四只小狼，三只吓得蜷缩在一起打哆嗦，只有一只毫不畏惧地站在一旁，正虎视眈眈地瞪着小齐。小齐"呸"了一口，朝那只母狼放了一枪，解下狼夹子，把它横放在马上，又把三只小狼扔进羊皮袋里。那只虎视眈眈的小狼不见了，小齐四处寻找，才在狼夹子边找到。他走过去，刚要提它的后腿，没想到它反身就是一口，小齐骂了一句，抬腿一脚将它踢翻。大黑冲上去，一口咬住它的脖子，将它叼了回来。小齐随手将它扔在羊皮袋里，跨上马，哼着小曲回去了。

那狼可真肥啊，整整吃了六天。但小齐发现一件奇怪的事：每次扔掉那些吃剩的狼肉时，那只咬他的虎视眈眈的小狼总会悄悄跟上去，一边闻着，一边"吱吱"地叫，眼里好像还有点泪水，而另三只小狼却在为争夺那些剩余物你抢我夺。

"妈哟，这只小东西还挺有良心的。"小齐不禁想起了自己的父母，连他们是死是活都不知道。他叹了口气，又带着大黑出去溜达了。

小齐发现大黑对那只小狼有明显的敌意，经常会无缘无故地欺负它。每到这时，这只小狼都会可怜巴巴地趴在地上。小齐见了就呵斥大黑。十几天后，这只小狼渐渐跟小齐熟悉起来，总在小齐腿边蹭来蹭去。

又过了好多天，实在没什么吃的了，小齐决定用狼肉来改善自己的伙食，他开始吃那几只小狼了。但他发现，每次宰杀小狼的时候，那只最健壮的小狼总会恶狠狠地瞪着他。他便骂道：

"妈的,让你凶,明天就吃了你。"

随着羊群数量的增多,大黑本来就有些看不过来,不知怎么又受了伤,小齐犯愁了。忽然想到:何不把那只小狼养起来,省得再回去找领导要了。可小齐又有点犹豫,它毕竟是只狼啊,万一驯养不好怎么办?再转念一想,狗也是从狼变来的,万一将来发现它野性难驯,一枪崩了它也就是了。加上通过这二十多天的接触,小齐已经渐渐和它有了点感情,要杀它还真有点舍不得呢。"行,你以后就叫二黑吧。"小齐拍了拍正在他腿边蹭来蹭去的小狼,高兴地说。

很快,小齐发现他的选择十分正确,二黑非常聪明,既具备它祖先勇猛、灵活的特点,又有狗的忠诚和善解人意。虽然大黑始终对它敌意难消,但这丝毫也影响不了小齐对它的宠爱。七八个月下来,原来的小狼已经变成一条威风凛凛的大狼了。确切地说,应该是一条大狗,除了偶尔它会对月亮狼嚎几声以外,别的时候它都与狗无异。小齐始终认为大黑对它有敌意是因为它们的语言无法沟通,或是因他对二黑特别宠爱,大黑因此而嫉妒。

二黑越来越讨小齐喜欢,干起活来十分卖力。小齐若发出指令让它站在原地,它会两三个小时都一动不动。每当有一两个牧民过来串门时,二黑也表现得很友善。

有些老牧民告诫小齐要小心,说:"狼毕竟是狼啊!"小齐嘴上应着,心里却不以为然,在他心目中,二黑早就是一条好狗了,一条比大黑更优秀的好狗。

自从二黑参加放牧以来,这一地区的狼就很少见了,偶尔有两三只不识趣的狼想打羊的主意,二黑总会毫不留情地与它们搏斗,丝毫不念同类之情。而大黑在这个时候就只会在小齐身边"汪汪"乱叫,还像是在保护他的样子。

时间过得很快,一眨眼,小齐出来放牧已有三个月了,该回去领些东西了,小齐让二黑看家,叫上大黑,骑上那匹愈发衰弱的老马出发了。不料没走几里地,那匹老马一个趔趄将小齐掀在地上,摔得他好半天才扶着大黑挣扎着站起来,只得牵着老马,一拐一拐地回到了蒙古包,一躺到床上就再也爬不起来了。

迷迷糊糊地睡到了半夜,小齐觉得有点口渴,想起来找点水喝,刚一抬头,就看见两只绿色的小灯泡一动不动地盯着他,一股腥气直喷到他的脸上。小齐吓了一跳,再定睛一瞧,原来是二黑,"妈的,吓死我了!"小齐一巴掌将二黑甩到一旁。待喝了水,二黑早已跑出去了,小齐再躺下,可那两只绿色的小灯泡似乎一直在他眼前闪来闪去,怎么也睡不着。

这样躺了两天,小齐实在饿得受不住了,就拿起猎枪,打了个唿哨。二黑闻声而至,小齐说:"走,打几只野鸭解解馋吧。"二黑高兴起来,围着小齐跳了几跳。因为几天没吃东西,小齐身体很虚,平时随手背上的枪此时显得分外沉重,小齐只好倒拖着走到老马前,把枪挂在马鞍上。他想上马,却怎么也上不去,只好牵着马,慢慢向前走。

大黑不知从哪儿钻了出来,小齐觉得羊圈需要它守着,就说:"大黑,回去。"大黑瞧瞧二黑,不情愿地走了回去。二黑跟在小齐身旁,恶狠狠地瞧着大黑。最近它俩的关系越来越紧张了,小齐躺在床上就听见它们在外面撕咬,二黑仗着个子大,总是占便宜。小齐瞥了二黑一眼,想起上次那两只绿色的小灯泡,心里就有些不太舒服。

走了一二里路,来到了湖边,这里野鸭子挺多,鸭蛋也不少。小齐刚站到湖边,想将起袖子洗把脸,忽然有什么东西冷不丁搭在他的后肩膀上,不用想也是二黑。小齐头也没回,一反手就给了它一下,心里顿时烦了起来。在牧区,是很忌讳这样从后面拍人肩膀的,因为狼经常会悄悄把爪子搭在人肩头,你一回头,它就会对准你的喉咙来一口。

以前二黑是从来不这样的,今天这是怎么了?小齐一边想着一边慢慢转身看去,只见二黑正若无其事地东张西望,像是在找什么猎物,丝毫没有什么不正常的地方。接着,它两耳一竖,后足一蹬,箭一般地奔向右前方的草丛里,几只野鸭顿时"嘎嘎"地飞了起来。小齐脸也顾不上洗了,回到马旁,摘下猎枪,"砰砰"朝天空开了两枪,只有几片鸭毛飘落下来。他骂了声:"妈的,倒霉透了!"便走到草丛旁,捡了几只鸭蛋,装到羊皮袋里,叫了声:"走吧,二黑。"又一起踱回到蒙古包里。

小齐煮了几只鸭蛋,吃下后,觉得精神好多了,看看天色将晚,收拾了一下,准备早早睡下,他随手把放在桌上的猎枪放在了床边,又盖上了大羊皮袄。

睡得正香时,小齐忽然觉得有点儿不对劲,睁眼一看,又是那两只小灯泡似的眼睛紧盯着自己。"妈的,二黑,又是你!"小齐顺手拿起旁边的空弹袋向它扔去。

没想到它灵活地一闪,顺势向床上扑来。"不好!"小齐一个激灵,睡意全无,举起盖在身上的皮袄,挡在了头上。他想拼命坐起来,可二黑狠狠一口咬住了他的左手,顿时鲜血直冒,他疼得豆大的汗珠直滚。也许是血腥味更刺激了二黑的神经,它变得异常兴奋。

"大黑,大黑!"小齐喊起来,大黑闻声而至,直扑二黑,可二黑根本不理会它,仍低嚎着疯狂地撕咬小齐。小齐拼命挣扎,这时大黑则不顾命地攻击二黑。二黑被它惹怒了,回身一口,只听大黑惨叫了一声。

匆忙中,小齐忽然碰到了放在床边的猎枪,抓起来要射击,又怕误伤到大黑。就在这一迟疑的当儿,一个黑影朝小齐头上扑来,将他又重新压倒在床上,闻气味,像是大黑。

这时候,二黑正向遮住小齐头脸处的大黑的颈上狠狠咬去,不大一会儿,大黑不动了,几滴热血流到了小齐脸上。原来,大黑是凭着最后一口气,替小齐挡住了二黑的疯狂进攻,让小齐赢得了宝贵的几秒钟。

小齐被大黑、二黑压得喘不过气来,但还是凭直觉将子弹上了膛,将枪对着压在最上面正不断低嚎扭动的身影,毫不犹豫地扣动了扳机。

一声沉闷的枪声响过之后,一切复归于沉寂。

小齐用尽最后一丝力气,将大黑、二黑的尸体从身上推开后,身子一软,晕了过去……

等醒来时,天已经大亮了。小齐揉了揉眼,望着满地的鲜血和断掉的手指,望着大黑、二黑的尸体,好一阵子缓不过神来。他真不敢相信,昨天还围着他撒欢儿的两个"朋友",就这样死掉了。

小齐将大黑、二黑的尸体拖到外面的草地上,用刀挖了两个坑,将它们埋了起来。他又把桌板割开,用桌面做成了两个墓碑,在上面用刀深深刻下了"大黑之墓"四个字,而"二黑"的那块墓碑上,他什么也没有刻。

干完这一切之后,小齐坐在它们的坟前,看看这个,望望那个,好久好久没有动……

(翟启曜)

黄 牛 泪

　　初中毕业后,梁子回乡务农,队长给了他一个放牛的美差。

　　开始,梁子一见到这群两眼鼓出、双角朝天、一副盛气凌人的大力士,心里就直打鼓,总怕被牛蹄子踩伤,被牛角顶伤。可是时间一长,他竟渐渐地喜欢起它们来,一天不见就好像缺了点什么。而这群不会讲话的"朋友"对梁子也很友好,特别是那头最健壮、资格最老的大黄牛,常常凑到他身边,伸出舌头一遍又一遍地舔他的手心手背,湿润润、暖烘烘、痒兮兮,真是舒服极了。每当这时,梁子就骑在大黄牛的背上,抓住它的双角,使劲地晃它的头,嘻嘻哈哈地和它取乐,别提多开心了。

　　立秋过后,正是放牧的黄金季节。这天梁子赶着牛群到离村十里开外的黄土岭放牧。这荒坡从没有开发过,土肥草厚,是难得的天然牧场,也是各路牛倌必争之地。梁子去得早,占据了有利地段后,便躺在暖融融的草地上晒太阳,不知不觉睡着了。

不知过了多久,一阵嘈杂声将梁子从睡梦中惊醒。原来是邻村的一群牛也光顾这里,并且正在和梁子的牛群发生武力冲突,一头头、一对对死命地拼杀,牛吼声和牛角的撞击声连成一片。对方领头的是一头大黑牛,此刻正在和梁子的大黄牛交战。大黑牛的体重和块头都占明显优势,相比之下,大黄牛就逊色了。大黑牛又凶又猛,一次又一次地发起攻击,但大黄牛毫不怯阵,奋勇迎战。

梁子怕出什么意外,就拿着鞭子使劲地抽打大黄牛和大黑牛,力图使它们休战。但它们根本就不理睬他,看样子非要决个胜负才肯罢休。不过大黄牛斗了几个回合,就已经遍体鳞伤,只有招架之功而没有还手之力了。而大黑牛却越战越勇,它瞅准一个空隙,双角猛地朝大黄牛的左肋顶去,如果大黄牛躲闪不及,它不死也会造成重伤。此时,梁子顾不得多想,顺手搬起一块大石头,用尽全力向大黑牛头上砸去。只听"啪"一声,不歪不斜,正砸中大黑牛的牛角,将一支牛角打断了。大黑牛吼了一声,掉头就跑,其他正在交战的牛群见主帅败阵,也跟着落荒而逃。

过度的疲劳,使大黄牛瘫倒在草地上,好大一会,才慢慢地站立起来。它晃着身子一步步来到梁子身边,扬起头,伸出舌头舔梁子的双手,好像是在感谢他的救命之恩。

深秋过后,又到了耕地的季节。一天,因拉牛的那个小伙子生病,队长临时决定让梁子去拉牛。拉牛这活,虽说不上很复杂,但必须手脚利索,既要有驾驭耕牛的本领,又要善于理解扶犁掌舵人的意图。梁子满怀信心地赶着大黄牛来到田里,顺牛套,扎牛绳,大黄牛很听梁子的话,很快准备工作就做完了。

这时,扶犁的王大叔一手紧紧握住犁把,一手挥着杯口一样粗的大牛鞭,直着嗓子喊了一声"走",大黄牛就像运动员听到了发令的枪声,身子前倾,甩开四蹄向前冲去。铁犁入地翻出层层潮湿清香的泥土,梁子紧紧拉着大黄牛头上的绳子,眼睛不错神地盯住前方,唯恐大黄牛一时大意而将犁拉出道。可能是梁子拉牛的缘故,今天大黄牛表现得特别出色,四蹄生风,一对大鼻孔"扑哧扑哧"地出着粗气,好像有使不完的力气。可梁子到底体力不济,一个多小时下来,脚步渐渐慢了下来,大黄牛似乎看出梁子体力不支,也放慢了脚步。王大叔见状,骂了一句很难听的话,挥起牛鞭朝大黄牛打来。只听"啪"的一声,大黄牛皮毛没伤,梁子的左肩却像是被蝎子蜇了一下,接着人就失去了知觉,身子一晃倒了下去。王大叔见自己失手,急忙扔掉犁把,跑到梁子身边,仔细一看:梁子穿的秋衣被打烂,一寸多长的皮肉被撕开,深可见骨头,正在汩汩地朝外冒血。

一阵麻木之后,就是撕心裂肺的疼痛,梁子哭爹叫娘地在地上直打滚。正当王大叔急得不知所措的时候,大黄牛挣脱了套绳来到梁子面前,它低下头来,伸出那又长又软的舌头,轻轻地一下又一下舔那带血的伤口,梁子肩上的疼痛感顿时大减。大黄牛舔了一会,突然愤愤地扬起头,怒目圆睁,双角直指王大叔。王大叔即刻明白了什么,他撒腿便跑,大黄牛长吼一声,紧追不放。五米、三米、一米……眼看大黄牛的牛角即将插进王大叔的后背心。此时此刻,梁子的心都提到了嗓子眼,几乎是绝望之中喊了一声:"大黄牛不要顶,不要顶啊……"眼前一黑,昏了过去。

醒来的时候,梁子发现自己已经躺在乡卫生院的病床上。娘来了,队长和王大叔也来了。梁子见王大叔安然无恙,心里的石头才算放了下来。队长告诉梁子,尽管大黄牛听了梁子的话,没有把王大叔挑倒,但它的脾气变坏了,一直暴跳如雷,弄不好就要伤人,所以队里商量后,决定把大黄牛杀了。

听了队长的话,梁子一句话也讲不出来,眼泪不住地落了下来。

后来杀大黄牛时,大黄牛怎么也不肯就范,搞得五六个棒小伙子都奈何不了它,最后队长只好下令将大黄牛关在屋里,不准任何人送水加料,想活活饿死它。

一连数天,大黄牛关在屋里滴水未进,骨瘦如柴,它每夜长叫不止,令全村人听了心寒。

后来,队长派梁子打开屋门,探其究竟,没想到大黄牛见到梁子时竟会双泪长流。梁子顿时泪如泉涌,人畜之间,四目相对,大有生离死别之情。

就在此时,突然,大黄牛身子一晃,倒地断了气,只是两眼圆睁,死不瞑目。

（张之良）

隐身恋人

　　一天早晨,科技大学的青年讲师肖湘接到了女朋友月琴打来的电话,约他晚饭后在老地方见面。

　　吃过晚饭,肖湘准时赶到石桥上,可是四周连个人影也没有。他正疑惑不解的时候,一个声音突然在他身后响起:"肖湘,今天为什么不理我了?"

　　肖湘一转身子,只见月琴正站在身边,他奇怪地问:"你刚才藏在哪儿了? 让我好找啊!""和先前一样,站在桥上等你呗。我见你不理我,东张西望的,我才叫你的呀!""我怎么没有看见你?"月琴嗔怪地看了他一眼,像受了委屈似的,噘着一张嘴:"没看见? 我晓得,你心中有别人了,当然对我视而不见了!"

　　肖湘尴尬了,说看见了吧,没有招呼她;说没有看见吧,她又说一直站在桥上。幸亏月琴让了步："哎，原谅你，算了。亲爱的，咱们走吧！"于是两个人开开心心上路了。肖湘骑上自行车，月琴坐在车后座上，向南郊柳溪渡蹬去。月琴亲热地靠在肖湘的背上，一边拉着话儿，一边不时吃吃笑着。

女朋友对自己这么亲昵，喜得肖湘越蹬越来劲，话也越说越多了。他说着说着，发觉身后没了声音，叫了几声，仍不听见月琴搭腔，忙回头一看，车上没了人！又前后左右扫了一眼，也没有人。他赶紧跳下车，向四周张望，仍旧不见月琴的影儿。他想，也许她小解去了，姑娘家羞于启口吧，于是支好自行车，在原地等着。

突然月琴娇滴滴的声音在他耳边响起来："亲爱的，说呀！咋不说了呢？"这一下可把他吓了一大跳，回头一看，月琴竟稳稳地坐在车上，那双会说话的眼睛正微笑着看着自己。肖湘疑惑不解地问："月琴！刚才你到哪儿去了？"月琴说："我坐在车上，哪儿也没有去呀！"奇怪，这么大的一个姑娘，刚才怎会看不见？看她一副顽皮的样子，肖湘不由得笑了。

他们又继续向前骑去。出了神仙街，是通向柳溪渡口的大路，林阴道上行人稀少。这会儿，月琴的话特别多，可过一会工夫，车后又没声音了，肖湘转脸一瞧，咦，月琴又不见了。怎么回事？他停下车，以为她一定是在什么地方藏起来了，就故意不理她，自顾掏出香烟，一边抽着，一边漫不经心地四下看着。可是一支烟抽完了，月琴仍没出来，小伙子有点急了，扔掉烟屁股，拔高喉咙叫起来："月琴，月琴！"

这时，天已开始黑下来，四周静悄悄的，晚风吹着一人多高的芦苇，发出"沙沙"的声响。肖湘放心不下，就去河滩边找边叫，可是任他怎么细心找，怎么高声叫，依旧不见月琴的人影。莫非她自个儿回去了？肖湘便掉转车头往回骑。可他心里却老大不高兴：她怎么连声招呼都不打就走，让我一个人在这里急煞，真是个不懂事的姑娘。他骑到石桥上，看见一位大嫂，忙问："大嫂，你看见一个姑娘从这里走过吗？"那大嫂停下来，朝他笑笑。肖湘问："你笑什么？"大嫂说："天都这么暗了，这会儿哪还有姑娘家走单道的？"肖湘觉得大嫂这话有道理，就说了声"谢谢"，骑车回家了。

回到宿舍，肖湘心里总是窝着一肚子不高兴，倒在床上就睡了。可是怎么也睡不安逸。

隔了一天，月琴打电话来，小伙子想着她的不辞而别，真想在电话里说她两句，然而一听到她那甜甜的声音，心就软了，哪还舍得埋怨。

见了面，他们说了许多话，不过末了肖湘还是忍不住问她："月琴，前天你怎么也不打个招呼就走，害得我在那里等了你好久，把我吓坏了。"不料肖湘没说完，月琴就瞪大眼睛叫起来："你说什么呀，前天我不是一直坐在你后车座上的吗？到桥上，你还问一位大嫂说见没见到一个姑娘，我以为你还在等别的姑娘，一赌气就没搭话。哼，我早知道你心里就没有了我！"说罢，月琴身子一扭不理睬他了。

肖湘被月琴说得丈二和尚摸不着头脑，愣愣地望着她，心里想：难道那天我眼睛看糊涂了？脑子变糊涂了？不可能的呀！可月琴如果真走了的话，她又怎么知道我在桥上问过大嫂？奇怪，肖湘百思不解。这时，月琴重新回过脸来，叫道："哎呀，你的眼睛怎么这么红呀，快去医院看看。"说罢，月琴不由分说拽起肖湘就去医院。

医院里，肖湘被带进一间屋子，躺在一张床上，眼睛被蒙住了，看不见东西。只听月琴和医生叽叽咕咕说了一阵话，接着，他被去掉眼罩，又听"啪"一声，墙上出现了红的、绿的、黄的、白的各种颜色的闪光。由于刺眼，肖湘闭上眼睛，但仍能觉出各色光彩在闪烁。一个中年医生诊断说："视神经游移症！姑娘，由于你发现及时,现在他只要在这里躺几个小时就好了,不然的话,只怕要治疗几年,也难保没有后遗症哩!"

月琴坐在床边守着肖湘,肖湘看着月琴,发现她比平时更漂亮了,对她的怀疑顿时全没了。

又坐了会儿,月琴看了看手表,站起来对肖湘说:"你好好休息吧,我还要上夜班。"她走到门口,又说,"明晚上云南滇剧团在红旗剧场演《柳荫记》,我们去看一场好么?""好,"肖湘赶忙说,"我买好票等你!"

第二天晚上,肖湘拿着二十排十八、二十号两张戏票站在剧场门口等月琴,一直等到戏开演了,还不见月琴来。他又耐心等了半个小时,还是不见月琴来。小伙子无可奈何,只得一个人进了剧场,在十八号的位子上坐下来。这时戏已演到"柳荫结拜"一幕了,因为月琴没来,戏虽说很精彩,可对肖湘来说一切都黯然失色。他闷闷不乐,无心看戏,掏出香烟,划了两根火柴才点燃。抽了一支后,他伏在前排的椅背上,不知不觉睡着了。

等他醒来时已经剧终散场了,人们向门口拥去。肖湘沮丧地走出剧场,忽然有人一把拉住他的手说:"怎么不一路走?"肖湘一看,竟是月琴。他欣喜而又有点奇怪地说:"啊,你到底来了。怎么这会儿才来?"谁知月琴却吃吃笑着说:"我和你坐在一起的呀!你坐的十八号,我坐的二十号。"小伙子大惑不解:"可是为什么我没有见到你呀?"月琴听了噘起嘴,很不高兴地说:"你心里根本没有我,独自一个人睡着了。哼,我问你,你在剧场里抽烟没有?"肖湘点点头。她又问:"你划了两根火柴才点燃,对吧?"肖湘惊诧地望着她,心里直嘀咕:天哪,这是怎么回事呀?

月琴似乎也不大高兴,她挽着肖湘的手一句话也不说,默默地向前走去,过了一条街又过一条街。他俩慢慢地穿过一条黑黝黝的大街,突然一个陌生而又苍老的声音在问:"小伙子,你挽着我干啥?"肖湘一看,不由大吃一惊。自己竟把一个素不相识的老太婆挽在手里。灯光下，只见她一脸皱纹，驼背哈腰。肖湘惊得赶忙一缩手，身子也不由后退几步，紧张得声音也有些打颤："老太太，你……你是谁？我怎么会把你挽在手里？"老太太眨了眨昏花的眼睛，呵呵一笑说："问你呀，小伙子。"肖湘再转身张望，又不见了月琴。他正紧张地张望着，耳边又传来了问话声："你说呀，为什么？"肖湘转回身，老太太也不见了，问话的竟是一位中年妇女。

这时，大街上没有人迹，路灯昏暗，晚风吹得硕大的梧桐发出让人发悸的"沙沙"声。肖湘眼睛瞪得大大的，大气也不敢出，惊恐地想：鬼，一定是碰到鬼了！一想到鬼，他心里愈加害怕，身子直往后退，猛然转回身，向来路方向没命地奔去。谁知刚抬步，手却被人一把拉住了，只听到一个声音在说："亲爱的，你哪里去呀？"肖湘恐怖地一边拼命挣扎，一边大叫起来："放开我！放开我！""你怎么啦？亲爱的，什么事把你吓成这样，亏你还是个男子汉呢！"肖湘一听，咦，是月琴的声音？他赶紧擦擦眼睛，仔细一看，果然是月琴站在面前。肖湘心有余悸地说："月琴！我难道真的有病？要么，就是碰见鬼了！"月琴见他神色紧张，两手冰凉，笑着说："什么鬼呀鬼的，怕是你真的有点毛病了，过几天我陪你去医院看看，好吗？"

肖湘无力地点点头，感到四肢发软，浑身像散了架一般。月琴半扶着他，把他送回了学校宿舍。

一个星期以后，月琴再次约肖湘到南郊柳溪渡去玩，可是剧场看戏和渡口路上的那两幕情景，在肖湘脑子里怎么也涂抹不了。他决定去向好友向辉请教，向辉在医学院教书，对人的心理颇有研究。她听完了肖湘的诉说，又查看了他的眼睛，沉吟片刻，说："你目前的视力状况很正常！所以对你说的这些奇怪现象，我无法解释。这样吧，我介绍你去我的导师白云雪教授那儿，也许她会对你有所帮助。"

　　白云雪教授听了肖湘的叙述,很感兴趣,她表示接下来要和肖湘一道去赴约,看一看到底是怎么回事。

　　正好,第二天,月琴打电话来约肖湘去老地方玩,肖湘准时前去赴约,白教授骑车在后面远远跟着。

　　月琴早等着了,于是他们和上次一样,月琴坐在车后座,由肖湘骑车。今天,因为后面有白教授壮胆,肖湘心里感到踏实,话也多起来。很快就骑到上次出现怪现象的地方,肖湘内心极为复杂:因为爱月琴,他不希望出现上次的怪事;但他又希望同样情况再来一次,好让跟在后面的白教授亲眼看一看,揭开这个秘密。

　　骑着骑着,怪事果然出现了:坐在后车座上的月琴又失踪了。肖湘的心一阵狂跳,立即跳下车。白教授的车也冲了上来,忙问:"人呢?"肖湘说:"刚才还在车上,一闪眼就不见了!"两人立刻感到了一种既神秘又恐怖的气氛,他们四下张望,空荡荡的路上,除了他俩再没有别人。可当他们紧张地转回头时,又都愣住了,只见月琴正笑嘻嘻地朝他们笑呢。

　　白教授刚刚想问个明白,不料月琴却抢先开了口:"你是谁?干吗跟着我们,都这么大年纪了。肖湘,咱们走!"白教授有点尴尬,只得调转车头。肖湘见白教授要走,心里有点紧张,再一看白教授向他努了努嘴,他这才点点头,放心地重新带上月琴向前骑去。

　　月琴发现白教授仍旧远远跟随在后,她拍拍肖湘的肩说:"这个人好像在监视我们。这是怎么回事?"肖湘说:"她是一位教授,搞科学研究的。生活中有些东西是值得研究的,特别是你!"月琴听了不高兴地搡了他一下:"我有什么好研究的!说不定她想写什么恋爱小说,若是这样,倒真有趣哩!"

　　肖湘满腹疑虑地说:"我不和你开玩笑。月琴,你到底是什么人!我们认识了这么多日子,你连你家在哪儿都不告诉我,这几天又是一会儿见一会儿不见,你——"说到这,肖湘觉得车子微微一震,转脸一看,车上早就没有了人。我的天!小伙子的魂都快没了。

白教授赶了上来,神色紧张地说:"快!回去!这事儿太奇怪了……"两人大汗淋淋,飞车直朝白教授的学校骑去。到了校门口,跳下车,一抬头,两人惊得直翻白眼:只见月琴正笑呵呵地要用手绢替肖湘擦汗!肖湘吓得"啊"尖叫一声,直向后退。月琴抱歉地说:"今天把你累坏了,真对不起,星期日我再来找你吧。"说完,步子轻盈地走了。

月琴走后,白教授准备立刻回学校向公安局报告,肖湘也准备回河阳老家去,避开一段时间。

肖湘买好火车票回到宿舍,同事告诉他,有个叫月琴的姑娘来找过他,留下一个包裹,并托口信让他按包裹地址将东西带到河阳。肖湘大吃一惊,心里更加害怕了:她怎么知道我要去河阳?难道她真的……他不敢想下去。这一夜,他翻来覆去睡不着,脑子里尽是稀奇古怪的影子。

肖湘到了河阳后无心回家,他冒着蒙蒙细雨,按包裹上的地址一路询问,才找到那条街。这是一条用石板铺成的老街,肖湘挨着门牌号数,一家一家找去,一直找到底也没找到包裹上写着的 259 号。再看看,发现有一条很窄的通道,那儿有一道双扇门关着,他过去一看,正是这个号。

只见 259 号的门楣上挂满蜘蛛网,两扇破门锁着,铁环子上满是铁锈,院墙已经破损不堪,上面布满了大洞小眼,院墙内有棵高大的白果树像巨伞似的盖着院子,显得阴森森的。这时,天暗下来了,肖湘看一眼包裹上写着的名字,就边敲门边喊:"吴常大爷,开门啊!吴常大爷,开门啊!"喊着喊着,他心中猛然吃了一惊:吴常,无常?这不是传说中阴司里专门勾人魂魄的无二爷吗?

就在肖湘暗自心惊时，门上的锁无声地掉到地上，两扇大门缓缓启开，一位白胡子老人当门站着。只见他身穿黑色道袍，腰系丝条长带，白布袜子，一双芒鞋，昏暗中两只眼睛泛着亮亮的光。肖湘一看这古怪老人，差点吓得把包裹掉到地上。老人逼视着他，冷冷地问："你找谁呀？"肖湘壮着胆子应了一句："这儿有个叫吴常的老大爷么？我从这儿路过，有人托我给他带点东西。"

老人听了，忽然咧嘴嘻嘻一笑，不由分说，一把把肖湘拽进屋里，接着门"砰"被关上了。再看老人，已经没了影子。看看屋里，只有一张破床，茶几上放着一盏半明半暗的油灯，昏黄的油灯光下，只见满屋子似乎有不少奇形怪状的黑影在晃动。肖湘出不去，走不了，吓得缩紧了脖子，蜷缩在破床上，周围恐怖的气氛几乎使他透不过气来。

这时，外面淅淅沥沥下起了小雨。到半夜里，雨越下越大，风越刮越猛，肖湘被一声巨雷惊醒。这时，他突然听到有人在"笃笃笃"轻轻敲门，再仔细听听，敲门声又没了。随后，他隐隐听到有脚步声传来，到门口停下了。肖湘瞪大眼睛紧盯着那扇门，接着听到一阵轻微拨动门栓的声音，那只小木栓慢慢地移动，"吧嗒"木栓被什么东西拨开了。肖湘紧张得心都要停止跳动了，他壮着胆子叫了一声："谁？"没人回答。就在这时，突然一道闪电打进屋子，借着电光，肖湘瞅见门缝里露出一双绿幽幽的眼睛，他吓得大叫一声，便什么都不知道了。

等苏醒过来，肖湘发现自己躺在床上，屋里灯火通明，那个古怪老人就站在床前。肖湘惊得睁大了眼睛，正要开口，那老人先说话了："肖湘同志！不要害怕，我不是鬼，也不是坏人！我是公安学院的学生，我和我的几个同学最近正在跟一个武师学轻功，所以特地设计了这个"游戏"，想试试实际效果怎么样。我见你善良忠厚，又了解到你小时候受过迷信思想的影响，所以选中了你。"

老人这话,更让肖湘坠入五里云雾中,而且他怎么越听越觉得这声音像月琴?老人见肖湘愣着,忍不住呵呵笑出了声,取下胡子,脱掉道袍,现出了真相,果然是月琴。

这时从门外进来几个和月琴年龄相仿的人,看来就是她说的那几个同学了!肖湘觉得其中两个有点眼熟,月琴介绍说:"他们在柳溪渡口路上和你去医院看眼睛时……"

"啊!"肖湘如梦初醒。

月琴颇得意地说:"我能在旁人不知不觉中上车下车,这是长期训练的结果,也部分用了气功中的轻功技巧、巧妙利用周围的地形隐藏、迅速地化装改容、根据心理学的原理来推测人的心理规律等,于是就出现了你见到的那些所谓奇怪的现象。嘿嘿,这还是属于非常一般的练习哩!"

肖湘恍然大悟地点了点头,不由看了月琴一眼,从心底里佩服这位姑娘。但又一想:人家与我谈朋友原是为了"练兵"啊,如今这一切结束了,她……

那个乔装眼科医生的同学鬼灵得很,他似乎看出了肖湘的心思,身子靠上来,附着他耳朵悄悄说:"别着急,有戏哪!你这位神秘的隐身恋人爱上你啦!"

月琴被他说得满脸通红,肖湘一听可高兴了,兴奋得一把抓住月琴的手,声音颤抖地叫了一声:"月琴!"

(李述国)